Merih Günay

TRILOGIE

Süße Schokolade

Streifzüge

Gegen Ende der Nacht

aus dem Türkischen

von Hülya Engin

TRILOGIE

Süße Schokolade

Streifzüge

Gegen Ende der Nacht

© 2021 Merih Günay

Aus dem Türkischen von Hülya Engin

Umschlag: Extract from Panorama of Istanbul, including the historic peninsula and modern skyline. Creative Commons (CC)

ISBN 978-3-949197-62-8

Texianer Verlag

Tuningen

Deutschland

www.texianer.com

Inhalt

Süße Schokolade

Merih Günay

aus dem Türkischen von Hülya Engin

„Der schönste Augenblick im Leben ist eigentlich, wenn du, dich längst von allem losgesagt, weißt, dass da jemand ist, der dich ans Leben bindet."
Balzac

Als sie aus der Haustür hinaustraten, ging allmählich die Sonne über der Stadt auf. Langsam erklommen sie die dunkle, steile Gasse. Die junge Frau hakte sich, über das ganze Gesicht strahlend, bei dem Mann unter. Einige torkelnde Gestalten hatten die Nacht beendet und verabschiedeten sich voneinander, um sich in die Seitengassen zu verteilen. Nachdem sie einige Minuten stumm die Steigung genommen und am eisigen Novembermorgen auf dem Alten Platz angekommen waren, verschwanden die Beiden zwischen den Fahrzeugen und waren nicht mehr zu sehen.

Vor 13 Jahren

„Gott liebt mich!" murmelte der Mann, während er auf den Bildschirm auf dem Tisch schaute, an dem er saß. Die junge Frau hatte ihm ihr Gesicht zugewandt und wartete darauf, dass er weitersprach.

„Das waren Texte, die ich zu unterschiedlichen Zeiten nach und nach geschrieben habe", sagte er, indem er sie ansah. „Jetzt beginnen sie, sich zusammenzufügen." Auf ihrem Gesicht zeigte sich ein herzliches Lächeln. „Texte, die ich in unterschiedlichen Jahren schrieb, ergänzen einander, verstehst du?

Sie antwortete mit einem verlegenen Nicken.

Vor einem Jahr

Die letzte Kurzgeschichte, die ich schrieb, hattest du ja gelesen, danach habe ich nicht eine einzige Zeile geschrieben. Ich glaube nicht, dass ich es jetzt wieder könnte. Du weißt, kurz nachdem du weg warst, erkrankte ich schwer an Tuberkulose. Und das war ja auch unser letzte Dialog mit dir:

„Ich habe Tuberkulose."

„Sie müssen sich endlich erholen."

Vielleicht war es die Krankheit selbst oder die Wirkung der starken Medikamente, die meinen Geist lähmten. Eine ständige Unruhe, Angstzustände. Weder dem Schreiben zuträglich, noch dem Leben. Er schrieb weiter:

„Ich freue mich sehr, dich wiederzusehen."

„Ich freue mich auch sehr, Sie wiederzusehen."

„Ich habe oft nach dir Ausschau gehalten, aber dein Konto war deaktiviert. Ich habe auch an deine alte E-Mail-Adresse geschrieben, aber die Nachricht kam jedes Mal zurück."

„Ja, nach der Heirat hatte ich alle Konten in den Sozialen Medien gelöscht. Auch ich habe nach Ihnen Ausschau gehalten. Es gab einige Konten, die Ihre hätten sein können, aber ich wollte nicht schreiben, weil ich nicht sicher war."

„Ich habe sie nicht genutzt, wie du weißt. Ich habe es nicht so mit den Sozialen Medien. Ich mag es nicht, wenn sich alles so rasant entwickelt."

„Ich weiß. Ein Handy benutzten Sie ja auch nicht."

„Tue ich immer noch nicht, außer dem Firmenhandy. Seit der Vorortzug nicht mehr fährt, gehe ich zur Fuß zur Arbeit. Seit sechs oder sieben Jahren. Täglich etwa neun Kilometer."

„Ja, ich hörte auch, dass der Vorortszug nicht mehr fährt. Sehr schade."

„Erinnerst du dich, dass wir einander eines Morgens im Zug begegnet sind?"

„Selbstverständlich erinnere ich mich daran."

„Du warst ein strahlendes junges Mädchen, und jetzt bist du eine hinreißende junge Frau geworden."

vor neun Monaten

IN DER KNEIPE

Zwiesprache mit dem Salzstreuer

„Heute Abend...", setzte der Mann an, „lieber Freund, der Grund meines Hierseins ist ...". Er hielt inne, sah sich um. Als er sicher war, nicht beobachtet zu werden, räusperte er sich, modulierte die Stimme und fuhr fort:

„Der Tod meiner Mutter."

„Wenn heute nicht meine Mutter gestorben wäre, wenn ich nicht nach so vielen Jahren hätte meine Einsiedelei aufgeben müssen, um vergangene Nacht auf dem Beifahrersitz eines Krankenwagens eine Stadtrundfahrt zu machen, von einer Klinik zur nächsten ... Dann wäre ich heute Abend nicht hier. Genau, wäre ich nicht hier. Ich liebe nämlich nicht."

Er bat den Salzstreuer um die Erlaubnis, sich nachzuschenken und fuhr fort:

„Ich liebe nicht."

Eine Stille trat ein. Er und der Salzstreuer wechselten Blicke. Der Mann war es wieder, der die Stille unterbrach. In einem anderen Tonfall sagte er:

„Sie, Verehrter, aber auch nicht."

Er hatte das Satzende bewusst schwach betont, bestimmt, aber auch unbekümmert.

„Wenn Sie lieben würden", wollte er seinen Gedanken ausführen, aber die Sirenen des vorbeifahrenden Feuerwehrwagens hinderte ihn daran. Es gelang ihm nicht, sich zu konzentrieren, um neu anzusetzen. Er schwieg.

Als er heimkehrte, war er ziemlich betrunken. Er zog sich aus, ohne Licht zu machen und verharrte eine Weile auf der Stelle. Dann drehte er den

Kopf zum Computer und streckte den Arm aus, um ihn hochzufahren.

Er setzte sich auf den Stuhl und während er wartete, steckte er sich eine neue Zigarette an.

Sie war online.

Er sah erst auf ihren Namen, dann auf das Foto. Sie hatte sich nur wenig verändert. Vielleicht nur die Haare, etwas länger, etwas dunkler. „Im Sommer sind sie immer heller", hatte sie gesagt, „vielleicht deshalb."

Er sah auf die Uhr. Vielleicht ist sie online, sitzt aber nicht am Bildschirm, dachte er. Dennoch konnte er nicht umhin ihr zu schreiben:

„Hallo. Können wir ein wenig reden? Wann passt es dir, vielleicht morgen?"

Er wollte noch schreiben, dass er einen furchtbaren Tag hinter sich hatte, vom Salzstreuer, dem Krankenwagen, dem Sarg, ihren Haaren, aber die auf dem Bildschirm erscheinende Antwort schnürte ihm die Kehle zu.

„Für Sie habe ich immer Zeit.“

Morgens um fünf

Dunkelheit. Im Bett. Seit fast einer halben Stunde bewegt sich ihr kleiner Körper langsam auf mir auf und ab ... Ich betrachte ihr Gesicht. Verschwitzt, glühend. Verträumte, vom Wein glasige Augen ... Ihre Haare fallen in Strähnen in alle Richtungen, die Spitzen umspielen meine Augen, meine Nase, meine Lippen. Sie lächelt. Dann werden ihre Lippen breiter und das Lächeln überzieht ihr ganzes Gesicht. Schweißverklebt ist sie in ihrem Nachthemd. Während sie sich auf mir bewegt, knetet sie mir mit ihren zarten Händen meine Brust. Ich betrachte sie, um fünf Uhr morgens. Von Liebe und Schweiß überströmt ...

Sie

Voller Leben ist sie. Und so redefreudig.
Wenn sie nicht spricht, bricht sie in Lachen aus. Sie
redet, lacht, unternimmt viel. Sie kommt herum, ist
mal hier, mal da. Mir wird vom Lesen schwindelig.
So viel Wirbel ermüdet meinen eingerosteten Geist.
Wie alt mag sie sein? Sehr jung sieht sie aus auf dem
Bildschirm. Und ich bin verfault, stinkend.

Aha, ein Herz, ein Weinglas, dann ein Kuss.
Und noch ein Herz. Missdeute ich das?

Sie hat gesagt, dass sie bald herkommen werde. Man höre und staune: Um mich zu sehen. Nach
all den Jahren. „Aber", sagte ich, „wenn du
kommst ..." „Wenn du kommst und wir uns sehen ..."
Sie fiel mir ins Wort:

„Können Sie alles tun, was Sie wollen."

vor 20 Jahren

Aus alten Tagen

Wir saßen im Zwischengeschoss an der Bar. Ich und Emilia. Uns gegenüber stand Ekrem, ja, so hieß er, glaube ich, und polierte mit einem Tuch die Gläser. Es war in den Abendstunden. Durch die großzügigen Glaswände, die die Bar umsäumten, betrachteten wir, Bier trinkend, den wolkenbruchartigen Regenfall draußen. Das wievielte Bier, das zehnte, fünfzehnte, zwanzigste ... Ab und zu wandte ich mich Emilia zu:

„Es regnet." Und sie drehte das große Glas in ihren Händen und sagte lächelnd:

„Und Larissa ist noch nicht da." Wir lachten. In der Bar war es ruhig, auf dieser Etage waren außer uns keine anderen Gäste. Gelegentlich bewegte

Emilia gut gelaunt ihre Schultern zu den Bergovic-Liedern vom Kassettenrekorder.

Mit der schönen Russin namens Larissa, die ich gegen Mittag im Frühstücksraum kennen gelernt hatte, hatten wir ausgemacht, uns abends an der Bar zu treffen. Ich hatte gedacht, dass wir eine Kleinigkeit essen, uns unterhalten und beschwipsterweise eine schöne Nacht miteinander verbringen könnten. Und ich hatte Emilia Bescheid gesagt. „Alles klar", hatte sie entgegnet, „wenn sie kommt, mach ich mich vom Acker". Eine schöne Frau war Emilia, kurzes blondes Haar, Wespentaille, Gardemaß. Wir kannten uns seit einigen Jahren. Sie kam alle zwei, drei Monate, blieb manchmal eine, manchmal zwei Nächte. Admir war ihr Ehemann und Sascha ihr Liebhaber. Von keinem der beiden hatte sie ein Kind.

„Emilia!"

„Ja?"

„Es regnet."

„Und Larissa ist noch nicht da."

Während wir lachten, schenkte Ekrem uns nach und der Regen peitschte immer heftiger gegen die Scheiben.

„Sie wird irgendwo darauf warten, dass es aufhört." Je später es wurde, desto lauter klang wie von selbst die Musik:

„Nema visesunca

Nema visemeseca

Nema tebe nema mene

Nicegvise nema joj"

Als Larissa, mit einem Schirm in der Hand, auf die Treppe zur Bar zusteuerte, erhob sich Emilia langsam vom Barhocker, nahm den Zimmerschlüssel von der Theke, beugte sich im Vorbeigehen zu mir herunter und raunte mir zu:

„Ein schönes Leben hast du, mein Freund."

„Nicht schlecht", sagte ich wie zu mir selbst.

vor 12 Jahren

Wenn der Husten ihm erlaubte, den Kopf zu heben, blieben seine zusammengekniffenen Augen an den orangefarbenen Flammen des Gasofens an der Wand heften. Wenn der Hustenanfall ihn übermannte, verwandelten sich die Flammen von orange zu blau und von seinen Haaren löste sich lauwarme Brühe auf Kissen und Betttuch. Er wälzte sich im Bett hin und her und murmelte Unverständliches. Das Zimmer erschien ihm nicht, wie es wirklich war. Für ihn umkreisten die von den Flammen aufsteigenden Rauchschwaden das Bett und versuchten, ihn aus dem Bett zu heben und fortzutragen. Mit der einen Hand versuchte er, den Brechreiz zu unterdrücken, mit der anderen, die Formen, die der Qualm annahm, zu zerschneiden.

Im Traum

(Sanatorium)

Seine Haare waren lang und schmuddelig, sein Körper zusammengekrümmt, die Gedanken trüb, die Augen erloschen. Er wusste nicht, wie alt er war. Er legte sich hin, wo es sich gerade ergab, er aß, was er gerade fand und säuberte sich mit Baumblättern. Die Menschen nahmen vor seiner Angst Reißaus, die Tiere vor seinem Gestank. Lediglich die Kinder mieden ihn nicht, sie bewarfen ihn mit Steinen. Denn aus ihm war kein gutes Kind geworden, kein guter Schüler, kein guter Arbeiter. Aus ihm war der Ungebundene geworden. Sein unförmiges Gesicht war nicht betrübt, auch nicht heiter. Es war nicht dunkel und nicht hell. Auf Gesicht und Händen, an den durch die abgerissene Kleidung sichtbaren Stellen seiner Haut waren Flecken. Die Kinder hatten ihn in ihre Mitte genommen, schrien und bewarfen ihn mit Steinen. Die Hunde kreisten bellend um die Kinder, die Kinder kreisten Steine werfend um ihn und er kreiste stumm um sich selbst. Dabei mochte der Ungebundene keinen Lärm, mochte auch nicht gesteinigt werden, mochte keine gutgekleideten Menschen, keine gutgenährten Tiere. Häuser, Möbel, Autos mochte er nicht. Essensreste mochte er, Regen in Strömen und Feldmäuse. Regnete es lange und heftig, füllten sich die Baue der Feldmäuse mit Regenwasser. So krochen sie alle an die Oberfläche und fielen bei Dämmerung in Scharen in die Dörfer ein. Er folgte ihnen auf allen Vieren und sah zu, wie sie die Lebensmittel, die Speicher, die Kleider plünderten. Dann kamen die Eulen, die Räuber der Nacht. Sie krallten sich lautlos auf die Nacken der Feldmäuse und schluckten sie lebendig hinunter. Der Regen schluckte die Baue der Feldmäuse, die Feldmäuse die Lebensmittel der Menschen, die Eulen die vollgefressenen Feldmäuse. Dann, wenn sich Feldmäuse, Schlangen und Eulen zurückgezogen hatten, bewarfen die Dörfler den Ungebundenen mit Steinen. Denn aus ihm war kein gutes Kind, kein guter Schüler, kein guter Arbeiter geworden. Zuweilen stand er einfach da, zuweilen lief er davon. Er war zuweilen satt, meist hungrig.

Er aß wenig, er schlief wenig, er sprach nie. Nächtens drang ein Laut in sein Ohr. Kein Vogellaut, kein Pferdelaut, kein Himmelslaut. Es stammte nicht von der Ameise, die in seinem Haar herumkletterte, nicht von dem Hund, der sich von der Kette loszureißen versuchte noch von Blättern im Wind. Das Geräusch kam von einst und aus der Ferne her.

In den Nächten, in denen kein Geräusch an seine Ohren drang, kroch eine Heuschrecke hinein. In solchen Nächten legte er das Ohr auf die Erde und wartete, bis die Heuschrecke herauskroch. Dann griff der Ungebundene nach ihr und aß sie auf. Wenn sie nicht herauskam, drang kein anderes Geräusch in sein Ohr, so das er gut schlief. Weil er seit Jahren nur rohes Fleisch aß, waren alle seine Zähne verfault. Der Ungebundene mit den verfaulten Zähnen machte sich auf den Weg, einen anderen Platz zu finden, an dem es weniger Steine, Kinder und Hunde gab. Auf allen Vieren bewegte er sich fort. Mit langem, schmutzigem Haar, trüben Gedanken, erloschenen Augen bewegte sich der fleckige Ungebundene auf allen Vieren fort, indem er hin und wieder den Kopf erhob, die Luft witterte, nach

Heuschrecken schnappte, die seinen Weg kreuzten, und sie zerbiss. Von den Dörfern, an denen er vorbeikam, vernahm er Laute von Eisen, Zinn und Klarinette und den Geruch von Kupfer, Müll und Essen.

Fluchtversuch

(kürzlich)

„Schau mal, Süßer ..."

Ich war erstaunt, unsicher, verstand doch sehr wohl, was geschah.

„Zwischen uns war lange Funkstille."

Ich wusste nicht, wie ich reagieren sollte. Ich wollte fliehen. Davonlaufen, bevor ich zu tief hineingeriet.

„Ich bin nicht der Mann, an den du dich erinnerst. Der ist in der Vergangenheit verschollen."

Sie wartete ab, ohne mich zu unterbrechen. Ich glaubte zu wissen, dass sie auf meine Worte auf ihrem Handy sah, lächelte und darauf wartete, dass ich zu Ende schrieb. Und ich hoffte, dass sie dazwischenging und etwas schreibt. Als es nicht geschah, fuhr ich fort.

„Ich denke an alte, schöne Tage." So was Bescheuertes. Das hätte ich nicht schreiben sollen.

„Ja, manchmal denke ich, dass ich womöglich ausschließlich in der Vergangenheit lebe."

Warum schreibt sie nichts?

(vor kurzer Zeit)

„Du schreibst, dass du herkommen möchtest. Um mich zu sehen. Ich weiß nicht, ob ich das verkraften würde. Nur als Beispiel: Ich bin seit Jahren in kein Fahrzeug eingestiegen. Selbst zur Arbeit gehe ich zu Fuß, wie ich bereits schrieb. Bei Schnee, Regen und Kälte. Denn ich gehe allen Menschen aus dem Weg. Ich möchte mit niemandem sprechen, niemandem nahe sein. Genau genommen möchte ich nicht einmal leben. Ich meine, ich könnte dich nicht abholen, wenn du kämest, nicht mit dir herumschlendern. Vielleicht wäre es besser, wenn wir uns nicht sehen, sondern uns weiter schreiben wie jetzt. Was meinst du?"

Ich wartete auf Antwort. Sie las, was ich schrieb, ging aber nicht dazwischen, wartete, bis ich fertig war. Was sollte ich abschließend schreiben? Ich atmete tief ein und fuhr fort:

„Ich kann dich nicht ausführen, auch wenn ich es noch so sehr wollte. Ich kann es nicht. Ich bin innerlich verfault. Verstehst du mich, Liebste?"

Wie sollte sie? So jung, wie sie ist. Voller Leben, erfolgreich, glücklich.

„Ich meine, meine Kleine, ich halte mich doch nur mit Mühe auf den Beinen."

Los, leg nach. Setz den letzten Hieb, damit sie geht. „Wenn es mir schwerfällt, mich auf den Beinen zu halten, kann ich dich nicht neben mir haben."

Wieder hat sie es geschafft, mich mit einem einzigen Satz aus der Fassung zu bringen. Ein einziger, kurzer Satz. So mächtig, so herzlich, so voller Liebe:

„Ich würde alles für dich tun."

(vor noch kürzerer Zeit)

„Warum hast du dir so viel Zeit gelassen mit dem Schreiben?"

„Du warst so sehr in deiner eigenen Welt, dass ich dir nicht auf den Pelz rücken wollte. Verstehe das mit dem Pelz nicht falsch. Selbst wenn ich dich mit der Nase darauf gestoßen hätte, hättest du mich nicht wahrgenommen. Oder meinst du, ich hätte dich nicht gefunden, wenn ich gewollt hätte? Ich wartete den richtigen Zeitpunkt ab. Meine Gefühle für dich sind unverändert. Wie vom ersten Augenblick an, als ich dich sah, vielleicht sogar von noch früher her, aus anderen Leben. Du verstehst mich doch, oder?"

„Vielleicht hätten wir damals schon anfangen sollen." „Warum?"

„Dann wäre ich vielleicht nicht erkrankt. Hätte nicht aufgehört zu arbeiten."

„Liebster, wir mussten das durchleben. Wir sind im Werden. Wir entwickeln uns. Du mit deinen Erlebnissen, ich mit meinen. Alles ist in Ordnung. Es läuft, wie es soll."

„Du tust mir gut."

„Ich bin bei dir, Liebster. Und ich wäre so gern damals bei dir gewesen."

Ein gewöhnlicher Tag von früher

Oksana hieß sie. Sie hatte etwa sechs Monate mit mir im selben Zimmer gelebt. Sie liebte mich, sie war verrückt nach mir. Nachts, nachdem wir uns geliebt hatten, drehte ich mich um und schlief. Wenn ich morgens aufwachte, sah ich, dass ihre geschwollenen Augen auf mir ruhten. Eines Tages kam eine Freundin von ihr, Marina. Sie hatte langes schwarzes Haar und einen 90er BH. Sie waren beste Freundinnen. Etwa drei Monate verbrachten wir im selben Zimmer und gleich in der ersten Nacht, als wir uns mit Wodka zuschütteten, setzte sich Marina auf meinen Schoß, als Oksana auf die Toilette ging. Ich wusste nicht, wie es geschehen konnte. Sie ebenso wenig.

„Aber Oksana ist meine Freundin", sagte sie.

„Na und?" entgegnete ich. „Und meine Geliebte!"

Oksana hing sehr an mir. Und mit Marina war sie eng befreundet. Deshalb schlief ich in jener Nacht erst mit Oksana. Als ich morgens aufwachte, lag Marina in meinen Armen. Eine schöne Frau. Mit langem schwarzem Haar und einem 90er BH.

Vor sehr kurzer Zeit

„Du hattest viele Affären, Liebster, viele Frauengeschichten. Betrachte die Zeit danach bis heute als dein Erholungsstadium."

„Die Jubiläenjahre."

„Ja, genau. Der Erholung geweihte Jahre."

„Und jetzt?"

„Auch jetzt wird geschehen, was du willst. Tut es ja bereits. Du wirst lieben, wirst schreiben, du wirst dein Leben von da fortsetzen, wo du stehen geblieben bist."

„Und du?"

„Ich gehöre voll und ganz dir, Liebster."

vor fünfzehn Jahren

Ich müsste hungrig sein, mag aber nichts essen. Es ist fünf. Ungeduldig warte ich darauf, dass die eine Stunde noch vergeht. Dann könnte ich, vereint mit meinen Flaschen, voller Glückseligkeit den Rest des Tages verbringen. Was hatte Nora am Telefon gesagt? Sie werde heute Abend nicht zu Hause sein, habe aber für mich gekocht. *Schön.* Und was? *Musakka, und dazu Reis.* Das ist gut, ob es auch Brot dazu gibt? *Ein paar Scheiben von gestern, sagte sie.*

Fünf weitere Minuten sind vergangen. Zwischen fünf und sechs vergeht die Zeit verflucht langsam. Und warum? *Im Körper beginnt das Verlangen, die Geduld erschöpft allmählich.* Nicht das Bewusstsein? *So genau weiß er das nicht. Will es auch gar nicht so genau wissen.*

Dass es Musakka gibt, ist gut. Wenn er zu Hause ist, kann er es aufwärmen, mit dem Reis essen und sich schlafen legen. Es ist Wochenende, und wenn er sich vor sechs schon belohnt? *Das geht nicht, wo bliebe seine Selbstdisziplin. Die des Körpers? Weiß er nicht, vielleicht die des Bewusstseins.* Und was hat der Arzt gesagt? *Dass wir nur noch Gebete für dich haben werden statt Ratschläge, wenn du so weiter machst!*

Und wenn ich eine Zeitlang einfach nicht trinke? *Das wäre gut, sagt er.* Also fangen wir gleich damit an. Zum Beispiel, indem wir heute das Trinken lassen. Was macht man, wenn man nicht trinkt? *Fernsehen.* Ich sehe nie fern. *Lesen.* Lesen tue ich auch nicht. *Ins Kaffeehaus gehen und spielen.* Ich gehe nie ins Kaffeehaus. *Dann mach früh Feierabend und lauf durch die Straßen, bevor du heim gehst.* Gut.

Das Wetter ist gut. Den Laden haben wir geschlossen. Lass uns gemächlich durch die Straßen schlendern. Guck, alle schlendern. *Gut.* Die meisten sind auf der linken Straßenseite. Warum? *Weil's links schattig ist, deshalb.* Gut, wechseln wir auch auf die linke Seite. Wie spät ist es? *Halb sechs.* Ob wir umkehren sollten? *Warum?* Es geht los mit den Anzeichen, meine Hände zittern. *Keine Sorge, lauf weiter.* Wenn du meinst. *Guck mal, schönes Haus.* Ja, sehr schön. Musakka, dazu Reis. Danach leg ich mich hin und schlaf. *Gut.* Vielleicht sehe ich auch fern. *Kannst du machen.* Mach ich auch.

Wie spät? *Zwanzig vor sechs.* Kehren wir um? *Nein, wir laufen weiter. Wenn alle Stricke reißen, holen wir beim Händler um die Ecke was und nehmen zu Hause einen zur Brust.* Meinetwegen.

Sieh mal, das Kind da, zerrt an der Tasche der Frau. *Was macht die Frau?* Sie hat es gerade erst bemerkt, sie hält an der Tasche fest. Das Kind zieht mit aller Kraft, die Frau schreit. *Und jetzt?* Jetzt drehen sich die Leute um, das Kind hat die Tasche losgelassen und läuft weg. Ein Streifenwagen; genau zur richtigen Zeit. Das Kind biegt in die Seitengasse. *Und die Leute?* Viele sind, mit den Polizisten, hinter ihm her. *Werden sie ihn kriegen?* Keine Ahnung, vielleicht. Wie spät ist es? *Zehn vor.* Sollen wir umkehren? *Nein, wir warten.* Auf was? *Ob sie das Kind kriegen?* Gut, warten wir. Ob es auch Jogurt gibt? Da kommen sie schon. *Haben sie ihn gekriegt?* Ja, sie haben ihn in die ihre Mitte genommen. *Gut gemacht. Los, weiter.*

Ist es schon sechs? *Nein, noch nicht. Was machen deine Hände?* Zittern wie die meiner Oma. Wie weit ist es noch bis nach Hause? *Nicht mehr weit. Kauf etwas Knabberzeug.* Mag ich doch nicht. *Dann eben Obst.* Ess ich doch nicht. Sind wir da? *Wir sind da.* Ist es schon sechs? *Fünf nach sogar.* Machen wir die Fenster auf, es ist heiß hier drin. *Meinetwegen.* Wir sollten uns umziehen und das Essen aufwärmen. Und? Gibt's Joghurt? *Nein.* Dann eben nicht. Das Telefon klingelt. *Lass es klingeln. Bist du jetzt satt?* Ja. *Und was willst du tun?* Mich hinlegen. *Gut.* Ich hab mich aufs Bett gelegt, wie spät ist es? *Halb sieben.* Ich sollte schlafen. Bist du müde? *Nein.* Ich hab die Augen zugemacht. Zähl Schafe, sagte Mama, als ich klein war, ich zähl mal Frauen. *Tu das.* Sie stehen in einer Reihe und ziehen eine nach der anderen an mir vorbei. Guck mal, das ist Oraib. *Die brünette?* Ja, und die dahinter ist Yeliz. *Hübsche Frau. Zähl sie nackt.* Wieso? *Damit du nicht durcheinander kommst.* Also gut. *Wie viele sind's?*

Ich hab mich verzählt, ich fang noch mal von vorne an, wie spät ist es? *Gerade sieben.* Gut, ich zähl rückwärts. Sieben, sechs, fünf, vier, drei, und wenn ich nur ein kleines Bisschen trinke? *Geht nicht, du weißt, dass du dich nicht im Griff hast.* Stimmt, wie viele Scheiben Brot hab ich gegessen? *Zwei.* Nicht eine? *Zwei Scheiben. Was machen die mit dem Jungen?* Die haben den längst laufen lassen. Hab ich geschlafen? *Es sieht nicht so aus.* Ist es schon acht? *Noch nicht.* Wie hast du mich jetzt auf meine Mutter gebracht? *Ich hab dich nicht darauf gebracht, du hast von ihr angefangen.*

Ich war mir sicher, ich hätte eine Scheibe gegessen. *Fehlt sie dir?* Nein, ich hing nicht besonders an ihr. Ist es immer noch nicht acht? *Ich glaube, du schläfst.* Es wäre verheerend, wenn ich nachts aufstehen würde. *Dann steh eben nicht auf, schlaf durch.* Warum haben sie den Jungen laufen lassen? *Keine Ahnung.* Hast du die Tür abgeschlossen? *Ja.*

Ich steh kurz auf, hab Durst. *In Ordnung.* Ich trinke Wasser. *Hast du das Gefühl, innerlich zu brennen?* Ja. *Du verschüttest alles.* Soll ich aus dem Fenster schauen? *Tu' das, es ist eh neun, du wirst gleich zu Bett gehen.* Ob ich schlafen kann? *Klar.* Also gut.

So eine winzige Straße, aber drei Krämerläden. *Wo willst du hin?* In der Anrichte müsste was sein. *Ich denk, du wolltest nicht trinken?* Nur einen Schluck. *Versprochen?* Versprochen. *Also gut.* Da sind keine mehr, hast du sie weggestellt? *Nein.* Hier sind auch keine. *Was tust du da?* Ich ziehe mich an. *Warum?* Ich will schnell was holen, ehe der Laden schließt. *Und wenn du noch ein wenig durchhältst?* Hast du die Tür abgeschlossen? *Nein.* Wo ist der Schlüssel? *Ich weiß es nicht.* Wie spät ist es? *Halb zehn.* Ich bin müde, ich leg mich hin. *Tu das.*

Feuerwehrwagen fahren vorbei. *Siehst du das Feuer?* Nein, ich sehe nur die Wagen vorbeifahren. *Wie viele?* Sie fahren sehr schnell, ich kann sie nicht zählen. *Was siehst du noch?* Die Fahrzeuge sind weg, jetzt folgen ihnen nackte Frauen. *Kennst du sie?* Nein. *Es ist zehn durch.* Ich hab niemandem was getan. *Ich weiß.* Deckst du mich zu? *Ist es nicht zu heiß?* Deck mich zu, ich friere. *Also gut.* Sag ihnen, dass es mir gut geht, sie sollen die Tür aufmachen. *Mach ich.* Sag, er schläft. *Gut.*

Nimm die Decke weg, ist zu heiß. *Red anständig mit mir.* Ich bin kein schlechter Mensch. *Ich weiß.* Sie spritzen die Strommasten ab. *Wer?* Keine Ahnung. Männer in Blaumännern. Einer spritzt Wasser aus dem Schlauch, der andere schrubbt. *Magst du sie?* Nicht immer. Meist empfinde ich Reue.

Wie schön du schläfst. Schlafe ich? Ist's schlimm, wenn ich morgen nicht zur Schule gehe? *Nein, ich lasse dich ausschlafen.* Ich hab ihn geschubst. *Du hattest gesagt, dass du es nicht warst.* Ich hatte Angst, er stieß mit dem Kopf gegen die Eisenstange. *Hättest du nur jemandem Bescheid gesagt, dann hätte man ihn retten können.* Ich bin weggelaufen. *Es ist zwölf Uhr durch.* Was ist mit ihnen passiert? *Mit wem?* Den nackten Frauen, das sind jetzt kleine Mädchen. *Du bist auch klein.* Sie

setzen sich auf Fahrräder. *Und du, was machst du?*
Ich halte eine Taube in der Hand, dann wasche ich
sie behutsam. *Wie viele sind es noch?* Noch drei
Masten, dann ist Feierabend, dann gehen wir heim.
Gut.

Ist es schon sechs?

Ja.

Zwischen fünf und sechs vergeht die Zeit verflucht langsam.

Wem sagst du das?

Seelenruhe

„Zerbreche dir über nichts den Kopf, Liebster", sagt sie, „bloß keinen Stress, ich kümmere mich um alles."

Ist das wieder ein Hirngespinst?

„Ich werde zum ausgemachten Treffpunkt kommen und dich abholen. Am nächsten Tag werde ich dich wieder dort absetzen. Du brauchst nur da zu sein, wenn ich komme. Zerbrich dir über nichts anderes den Kopf."

Ist das nicht mehr als genug? Doch warum?

„Ich muss mich wiederholen, Liebste. Ich war jahrelang mit niemandem zusammen. Ich war in meiner winzigen, primitiven, erbärmlichen Welt mutterseelenallein. Was du da vorhast, überfordert mich."

Wieder wird sie mich überraschen, ich weiß es.

„Weil du das herbeirufst. In deinem Geist ist immer nur Einsamkeit, Negatives, Gram und Leid. Gib all dem keinen Raum, dann änderst du auch dein Leben. Du möchtest rauchen, dann rauche, so viel du willst. Du möchtest deinen Tag in betrunkenem Zustand verbringen, dann nur zu. Du möchtest für dich sein, dann sei es. Das alles ist völlig unwichtig für mich. Lebe dein Leben, wie du magst. Komme was wolle, ich werde bei dir sein. Das alles macht dich aus. Denn wir sind komplexe Wesen. Das bist du, untrennbar von deiner Vergangenheit."

Happy End liegt mir nicht

„Es dauert nicht mehr lange", sagt sie. „In zwei Monaten bin ich bei dir."

Heißt das jetzt, dass alles, was wir besprochen, was wir erträumt haben, wahr wird?

„Du hast ein straffes Programm aufgestellt, Süße. Ich meine, es würde schon reichen, wenn wir uns kurz sehen. Einige Minuten, irgendwo."

„Du verstehst mich wohl nicht. Ich würde auf wer weiß was verzichten, um fünf Minuten länger mit dir zusammen zu sein. Mach dir keinen Kopf, ich habe alles arrangiert. Sag mir nur eines: Gegen zwei Uhr nachmittags können wir in das Apartment. Wann möchtest du abends wieder weg?"

„Halb sechs, sechs ... Würde das nicht reichen?"

„Hmm ... Eigentlich könnten wir bis zum nächsten Morgen bleiben."

„Könnten wir auch Wein trinken?"

„Jaa. Selbstverständlich könnten wir das."

„Und dann gemeinsam einschlafen?"

„Nichts lieber als das, aber ich weiß, dass du am liebsten allein schläfst. Kein Problem, im Zimmer gibt es nicht nur ein Bett."

„Nicht nötig."

„Ich verstehe nicht."

„Geht klar, meine ich. Die Nacht, der Wein und ein Bett. Bestens."

„Ist das dein Ernst?"

„Ja."

„Ich liebe dich so sehr."

„Liebe mich nicht. Sprich weiterhin so mit mir wie früher, per Sie und so. Sag mir nicht, dass du mich liebst. Ich hasse das. Ich möchte das nicht in eine feste Beziehung verwandeln."

„Alles klar ... Gute Nacht."

„Gute Nacht, Liebste."

Nach dem Schließen meines Chat-Fensters löschte ich sofort den Verlauf. Denn ich liebe es, Vergangenes sofort zu löschen. Ich machte Mozarts Requiem an und löschte das Licht im Zimmer. Den Stuhl mit dem Laptop drehte ich zur Seite und kreuzte die Füße auf dem Bett, lehnte meinen Kopf weit zurück und schloss die Augen. Die Hände legte ich hinter dem Kopf zusammen und begann, die Schultern langsam nach rechts und links zu bewegen. Nora hasst Mozart, deshalb höre ich ihn laut, wenn ich allein sein will, also meistens. Ich höre auch Maria Callas. Von denen, die noch am Leben sind, höre ich Emma Shapplin, ich könnte sterben für ihr Duett mit George Dalaras, bestimmt hunderte Male habe ich es mir angesehen. Die Stelle, wo Emma Shapplin Dalaras voller Bewunderung anschaut, verpasse ich niemals, denn ich hasse es, wenn jemand jemanden bewundert. Nach meinem Dafürhalten sollte niemand einen anderen wegen dessen Erfolg in einem Bereich, einem einzigen Bereich bewundern. Wieder nach meinem Dafürhalten kann nämlich jeder in dem Bereich, in dem man ihn fördert und viel in ihn investiert, sehr wohl das höchste Niveau erringen. Das ist nichts, was Bewunderung verdient. Warum sollten Menschen unterteilt werden in Bewunderte und Bewunderer? Nach diesen Überlegungen begann ich, bei geschlossenen Augen, meine Finger zu bewegen, als leitete ich ein Orchester, denn ich kann meine Finger sehr geschickt einsetzen. Meine Finger sind leidenschaftlich, ihr könnt euch nicht einmal vorstellen, wozu sie imstande sind, wenn sie sich mit dem Dirigenten in meinem Geist verbinden. Ganz gleich, ob noch jemand im Zimmer ist oder nicht, wenn, wie gesagt, der Dirigent in meinem Geist erwacht, dann dazu meine

Finger, werde ich zu einem ganz Anderen, das solltet ihr mal sehen. Wie heute, als ich etwas Beschissenes verzapft habe, damit sie Schluss macht. Das mache ich in solchen Momenten. Ihr solltet einmal sehen, wie ich hier in diesem dunklen Zimmer, bei verschlossener Tür und verschlossenem Fenster, meinen Geist speise mit dem Requiem und meinen leidenschaftlichen Fingern. Wenn ihr es sähet, würdet ihr begreifen, wie ich mich langsam im Zimmer erhebe, vom Stuhl langsam in die Lüfte schwebe gen Decke, ganz langsam, ganz ganz langsam, mit den Lobgesängen in meinem Ohr. Denn ich mag nicht glücklich sein. Denn ich finde, dass Menschen nicht glücklich sein sollten. Was soll das mit diesem Glück, mit welcher Redlichkeit glaubt ihr, es verdient zu haben? Und wenn kein Glück, dann auch keine Bewunderung, schon gar nicht an diese armseligen Menschen. Ich hasse Menschen, die Menschen bewundern. Auch heute habe ich meine Arme ausgestreckt und gehe jetzt ans Fenster. Sag nicht, dass du mich liebst, habe ich sie angepflaumt, sag nicht, dass du mich liebst, denn wenn du mich liebst, bedeutet das, dass du auch einen Anderen lieben könntest. So sehe ich das, einen Anderen, während du mich liebst oder nach mir ...

Einige Tage später

Sie hat neue Fotos gepostet. Und so schöne ... Gut sieht sie aus, gesund und munter. Unterwegs irgendwo mit ihren Freunden. Sie lächelt, sie lacht, traurig wirkt sie nicht. Hat sie mich aufgegeben? So schnell? Wie viele Freunde sie hat, wie ausgefüllt ihr Leben ist! Ausgefüllt und durchgeplant, es ist, als habe sie ihr ganzes Leben durchgeplant, nur da, wo ich vorkomme, müsste sie Änderungen vornehmen. Ich hingegen werde, allmählich verfaulend, mich vor dem eigenen Schatten erschreckend, Tag um Tag übler riechend, mein Werden vollenden.

Vor dreißig Jahren

Jung war ich, sehr jung und alles lief wunschgemäß, was in einem Land wie dem unseren eher ungewöhnlich ist. Ich war noch nicht einmal zwanzig und betrieb ein ziemlich schickes Café in einer finsteren Ecke der Stadt. Wenn ich ein ziemlich schickes Café sage, dann meine ich ein ziemlich schickes Café. Ich hielt mich kaum zu Hause auf, kam mit einigen Stunden Schlaf aus. Meine Gäste waren sonderbar. Meist Nutten, und zwar aller Nationalitäten. Außerdem waren da auch Linke, die selbsternannten 'Revolutionäre'. Mit ihren Rauschebärten nahmen sie einen der Tische in Beschlag und redeten bis zum späten Abend mit gedämpften Stimmen und machten unaufhörlich Notizen. An einem anderen Tisch traf sich die Jugend des Viertels, allesamt arbeitslose, harmlose Jungs ohne einen Cent in der Tasche. Polizisten beehrten uns regelmäßig und beäugten die Tische. Die gesamte Polizeiwache kannte mich, denn bestimmt einmal die Woche wurde ich wegen irgendetwas hinzitiert. Wer ist das, wer war das, mit wem hat er gesprochen, worüber, all so was. Manchmal tauchten die Freunde oder die Ehemänner der Frauen auf. Dann flogen Tische und Stühle durch die Luft. Flüche, Drohungen. Es kam auch schon mal vor, dass herumgeballert wurde. Das waren so schöne Tage. Einige der Nutten, aber auch Mädchen aus dem Viertel, waren heftig in mich verknallt. Nun ja, ich war kein schlechter Typ. Und ich gab mir auch Mühe, ihre Liebe, so gut ich vermochte, zu erwidern.

Irgendwann war eine gewisse Nhamo im Café aufgetaucht, eine vom schwarzen Kontinent. Bitterschokoladenbraun, um es höflich auszudrücken. Eines Tages kam sie völlig verdreckt ins Café. Zwischen den Tischen torkelnd und die Jungs anrempelnd bahnte sie sich durch den völlig verqualmten Raum ihren Weg zu mir. Der Gestank war wirklich nicht auszuhalten. „Nhamo", sagte ich, „wie wär's, wenn du ab und zu mal badest, Süße?" Sie überhörte es, holte flugs ein paar Steine aus der Jackentasche, schüttelte sie einige Male in der hohlen Hand und streute sie auf meinen Tisch. Nachdem sie ihren kohlschwarzen Kopf gesenkt und sorgfältig in den Steinen gelesen hatte, nahm sie meine Handfläche in ihre Hände. Dann starrte sie mich mit ihren riesigen Augen an und sagte:

„Auf dich warten lange, leiderfüllte Jahre." Nach einer genaueren Prüfung meiner Handlinien fuhr sie fort: „Nach diesen Jahren, wenn du all deine Hoffnungen aufgegeben hast, erwartet dich eine große Belohnung."

„Nhamo", sagte ich. „Du enttäuschst mich. Was denn für Leid, meine Schokolade? Es läuft doch alles bestens."

Sie sah von meiner Hand auf, fixierte mich und sagte: „Doch, doch! Diese Belohnung wird deine Süße Schokolade sein. Sie wird alles richten."

Wer bist du?

Ich bin bei meiner Großmutter aufgewachsen, einer kultivierten und strengen Frau, für die Disziplin alles war. „Kleines", pflegte sie zu sagen, „ein Studium ist nicht alles. Für deine Persönlichkeitsbildung brauchst du mehr als das." Ich meine, ich war noch ein kleines Kind! „Musik zum Beispiel. Literatur oder Theater. Ganz gleich was, aber unbedingt etwas zur Vervollkommnung."

Stell dir vor, als ich drei war, konnte ich schon bei Tisch ein Messer benutzen. Mit fünf bekam ich Gesangs-, mit sechs Geigenunterricht. Ich besuchte die besten Schulen. Als ich siebzehn war, hatte ich schon die meisten europäischen Metropolen gesehen. Ich habe ein abgeschlossenes Studium in Romanistik, und anschließend ließ ich mich zur Dolmetscherin und Übersetzerin ausbilden.

Kurz nach dem Tod meiner Großmutter habe ich geheiratet, wohl um die Leere, die sie hinterließ, auszufüllen. Aber die Ehe wurde schon in den ersten Monaten zum Albtraum. Ich hatte geheiratet, ohne ihn gut genug zu kennen und er hatte mir nicht sein wahres Gesicht gezeigt. Wir ließen uns scheiden.

Bei unserer ersten Begegnung, als ich diese Apotheke betrat, um das Antidepressivum zu besorgen, das ich seit einigen Monaten einnahm, hieltest du ein verletztes Möwenjunges in deinen Händen und sagtest zu der Frau hinter der Theke:

„Diese Möwe ist in mein Ladenlokal hereingetrippelt. Die Katzen, die hinter ihr her waren, habe ich nur mit Mühe und Not verscheucht. Was soll ich mit ihr machen?"

Ich konnte mir das Lachen nicht verkneifen. Du standest da, mit der Möwe in der Hand und wusstest nicht, was du tun solltest. 'Ein Wirrkopf", ging mir durch den Kopf, 'was für ein Wirrkopf!' Ich wartete, beobachtete dich amüsiert. Als du mit der Möwe ins Ladenlokal zurückkehrtest, folgte ich dir.

Und lachte immer noch, denn du wusstest nicht, wohin mit ihr. Erst setztest du sie auf einen Tisch, dann nahmst du sie von da fort und setztest sie auf den Boden. Dann wieder auf den Tisch. Wenn ich nicht schnell einen Karton aufgetrieben und damit zu Hilfe geeilt wäre, hättest du dieses Spielchen wohl bis zum Abend fortgesetzt.

Beim Warten

Ich besuche ihre Seiten. Seit dem letzten Mal hat sie nichts Neues gepostet. Ist das ein gutes Zeichen?

„Ich hatte einen dunklen Punkt", hatte sie gesagt, „Genau den hast du berührt."

Wie hatten wir uns kennen gelernt? Da war irgend etwas mit einem Vogel. Hatte sich ein Vogel ins Lokal verirrt? Und während ich überlegte, was zu tun ist, war sie auf einmal hinter mir aufgetaucht, mit einer Keksschachtel in der Hand.

„Entschuldigung. Ob Ihnen das hier weiterhelfen würde?"

Wann hatte sich das ereignet, vor etwa zehn Jahren, oder noch länger her?

Ich hatte mich bedankt und ihr die Schachtel abgenommen. Ich glaube, sie schmunzelte.

Einige Tage später, ich saß gerade an meinem Tisch und las ein Buch, tauchte sie wieder auf. Ich erinnerte mich zunächst nicht an sie. Hätte sie nicht nach dem Vogel gefragt, hätte ich es wohl auch nie. Eine zierliche, liebenswürdige, attraktive junge Frau. Blutjung.

Danach kam sie fast täglich vorbei, setzte sich zu mir und erzählte ohne Unterlass. Von Büchern, Filmen, Serien, von den Kurzgeschichten anderer, von meinen ⋯

Um ihren Redefluss zu beenden, stand ich jedes Mal nach kurzem Geplänkel auf und gab vor, zu tun zu haben.

All dies ereignete sich gegen Ende der glänzenden Jahre, als meine Bücher eines nach dem anderen veröffentlicht wurden, ich Auszeichnungen erhielt, alles wunschgemäß lief und mich

schwindelerregende Reigen aus Frauen und Flaschen umschwirrten.

Genau genommen war ich zu Tode erschöpft,
ohne es im geringsten zu bemerken.

Und du? Wer bist du?

Deinetwegen habe ich mich so lange hier in der Gegend herumgetrieben, aber mir ist, als kenne ich dich noch viel länger. Wortkarg bist du. Ich versuche, eine Nähe zu dir aufzubauen, aber du bemerkst mich nicht einmal. Zwischen uns ist eine unsichtbare Mauer. Hast du sie gebaut oder hat man dich zugemauert, Liebster? Warum schaust du mich nicht an, warum versuchst du nicht, mich kennen zu lernen? Du hustest ständig. Bist du sicher, dass es dir gut geht? Du wirkst müde. Was ist es, was dich erschöpft, warum kurierst du das nicht aus?

Ich muss bald weg. Möchtest du mir irgend etwas sagen?

Wenn die Zeit gekommen ist, werden wir aufs Neue zusammenkommen. Das Düstere an mir, das Geheimnisvolle an dir und deine Ängste. Um es mit all dem aufzunehmen, müssen wir eine Entwicklung durchmachen. Jetzt und hier können wir es nicht lösen. Es gibt Dinge, die es für uns erst einmal zu leben und zu erleben gilt, zu sehen, zu erreichen. Wir sind nicht nur das Jetzt, denn in uns ist noch mehr und wird immer sein. Die noch zu verbringenden Jahre, das noch zu ertragende Leid wird uns einander Tag um Tag näher bringen. Was dich bedrückt, was dir Angst macht, all das wird es nicht geben, wenn wir zusammen sind. Wir werden gestärkt zurückkehren und einander gesunden.

Was willst du?

„Ich denke ständig an dich." Warum hat sie
das geschrieben? Will sie etwa doch weitermachen?
Bin ich dieser Dinge denn nicht reichlich überdrüs-
sig und müde, hatte ich nicht genug davon, begreift
sie das nicht? Ein blutjunges Ding, unverdorben.
Sieht sie denn nicht, dass ich zu schwach bin, um
mich auf den Beinen zu halten? Bin ich nicht gerade
erst aus der Hölle dessen herausgekommen, was sie
erleben möchte? Wie kann ich jemals wieder jemanden so nah an mich heranlassen?

Gut, dass sie gegangen ist, bevor ich etwas gesagt habe.

Auf dich warten schöne Jahre, lange schöne
Jahre. Was willst du mit einem Wrack wie mir?
Möglich, dass du auch Dinge erlebt hast, die nicht
so gut gelaufen sind, das liegt in der Natur der Sa-

che. Man kann schließlich nicht pausenlos lieben und glücklich sein. Lass den Dingen ihren Lauf. Je erwachsener du wirst, desto stärker wirst du. Das Leben wird so gut, wie du es festhalten kannst. Dabei haben wir einander doch gestern erst furchtbar gequält. Gestern, vorgestern, den Tag davor ... Sie sind weg, ich bin noch da, aber das ist alles andere als ein Triumph. Für mich wird nichts so sein wie früher.

Sanatorium (zweiter Traum)

„Hört mit dem verdammten Lärm auf!" brüllt er nach Leibeskräften ins Zimmer hinein. „Sie weinen vor Hunger", sagt die Frau schwach. „Es ist nichts mehr da, was ich ihnen zu essen geben könnte."

Der Mann zieht die Decke über den Kopf, dreht sich von einer Seite zur anderen und steht dann grummelnd auf. Er reißt die Küchentür auf, öffnet den Schrank, sieht in die Schubladen, durchwühlt die Regale. Nichts! Es ist nichts da. Er zieht sich die abgetragene Jacke über und geht vor die Tür. Es ist kalt draußen, es schneit. Er durchwühlt die Schnee bedeckten Mülltonnen. Eine halb aufgegessene Käsetasche und ein Viertel angeschimmeltes Brot findet er und schlingt sie hinunter. Dann tritt er auf die Straße. Er betritt die aneinander gereihten Geschäfte eines nach dem anderen, ohne Überdruss. Er fragt nach Arbeit, für eine warme Mahlzeit nur – ja auch für eine halbe, aber es gibt keine Arbeit!

Es herrscht kein Krieg, es sind keine schweren Zeiten, es ist nicht auf dem platten Land, aber Arbeit gibt es trotzdem nicht. Und er ist hungrig, seine Familie ist hungrig. Keine Arbeit, kein Geld, kein Geld, keine Wärme, kein Essen: kein Leben!

Er läuft weiter, die Geschäfte abklappernd. Und steckt Reisig, den er unterwegs findet, in eine Plastiktüte. Er wird damit den Ofen heizen heute Abend, damit die Kinder nicht frieren, damit sie nicht krank werden. Krank werden, eine Katastrophe. Keine soziale Sicherheit, kein Geld. Also auch keine Behandlung, keine Arznei. Die Krankheit des Armen: der Tod!

Ein Mann hetzt an ihm vorbei und schreit aus voller Kehle:

„Die verschachern Zypern! Wofür sind denn vor dreißig Jahren so viele den Heldentod gestorben? Für wen ist all das Blut geflossen? Warum mussten diese jungen Leute sterben? Gott ist bei den Unterdrückten! Ihre werdet Rechenschaft ablegen müssen vor Gott, im Diesseits wie im Jenseits. Oh, meine muslimischen Brüder und Schwestern, glaubt Gott und vertraut Gott! Er schützt die Gläubigen! Er schützt die Unschuldigen!"

Die Leute klatschen Beifall.

Der Mann wühlt im Müll, steckt die gefundenen Essensreste in die eine Tragetasche, um sie nach Hause zu bringen und den Reisig in die andere. Die Vorübergehenden fleht er leise um Hilfe. „Helft mir!" Niemand würdigt ihn eines Blickes. Alle sind in einer geschäftigen Hast. Menschen eilen vorbei, Autos eilen vorbei, fliegende Händler eilen vorbei, alles, jeder ist in Bewegung:

„Hilfe."

Ihm schwindelt. Ein Autofahrer hupt: „Bist du lebensmüde, Mann! Was suchst du mitten auf der Fahrbahn?"

„Hilfe."

Er kehrt heim. Setzt sich an den Ofen, wirft den mitgebrachten Reisig hinein und zündet ihn an. Die Kinder weinen, weinen immer noch. Er gibt der Frau die Tragetasche. Sie riecht daran und verzieht das Gesicht.

„Das ist doch alles Müll! Ich kann den Kindern doch keinen Müll zu essen geben!"

„Besser Müll essen als sterben", sagt der Mann.

Kein Wasser, kein Öl, kein Gas. Nichts. Draußen geht das Leben aber weiter. Alle gehen irgendwohin, alle Füße und Räder sind in Bewegung. Er streckt den Kopf zum Fenster hinaus:

„Was ist los?"

„Wohin so eilig?"

„Warum bleibt ihr nicht stehen?"

„Warum seht ihr uns nicht?"

„Wir sind hier! Hier sind wir!"

„Wir verhungern!"

Die Schritte verdichten sich. Die Farben wechseln, der Abend dämmert. Die Kinder weinen und zittern. Die Frau ist nicht da. Er sucht sie. Sie hat sich bäuchlings aufs Bett fallen lassen und wimmert lautlos. Etwas später steht sie auf, nimmt die Kinder in die Arme und geht entschlossen zur Tür.

„Wo willst du hin?"

Sie antwortet nicht, zieht die Tür hinter sich zu und geht hinaus. Zitternd läuft die Frau mit den Kindern durch die Straßen. Sie stellt sich den Vorübergehenden in den Weg. „Sie haben Hunger, helft bitte."

Die Menschen entfernen sich hastig.

„Man kann ja niemandem über den Weg trauen."

„Die Welt ist voller Lügner und Betrüger."

„Wahrscheinlich ist sie sogar reicher als ich."

„Du machst es dir aber verdammt leicht, geh doch arbeiten wie wir!"

„Wir betteln ja auch nicht!"

„Schämst du dich nicht?"

„So jung wie du bist!"

„Eine Schande ist das!"

Die Worte flattern durch die Luft.

Alle Augen auf sie gerichtet, alle brüllen sie an. Die Kinder weinen.

„Du bist selbst Schuld daran!"

„Hättest du sie nicht in die Welt gesetzt!"

Die Straßen verurteilen sie, die Leute beschimpfen sie, das Leben demütigt sie.

„Ja. Die da! Die ist's!"

„Du bist doch selbst schuld!"

Sie läuft hierhin und dorthin. Alle, alles fleht sie um Hilfe und der Mann von eben geht jetzt an ihr vorbei:

„Unsere Soldaten werden keine lebenden Schilde für die Amis sein! Ihr Knechte der Amis! Oh, ihr Ungläubigen! Ihr werdet Rechenschaft ablegen müssen vor Gott! Im Diesseits wie im Jenseits! Oh, islamische Gemeinschaft! Glaubt an Gott! Vertraut Gott und betet. Er beschützt uns alle!"

Die Leute klatschen Beifall.

Zwei Heranwachsende machen sich an die Frau heran: „Komm mit uns!" sagen sie grinsend. „Wir haben was zu essen. Zu trinken auch."

Sie versucht sich zu entfernen. Sie haken sich bei ihr unter, versuchen, sie mit sich zu zerren. Die Frau umklammert ihre Kinder noch fester, die Kinder weinen.

„Na komm! Zier dich nicht!"

Die Frau ist verzweifelt, hungrig, müde, verfroren. Sie kehrt heim. Er liegt im Bett, die Augen geschlossen, lächelnd. Es klingelt. Sie öffnet die Tür, in der Hoffnung auf Hilfe, auf einen Teller warmen Essens. Es ist der Hausbesitzer. Er fordert die Miete. Er schreit herum.

„Raus hier!"

„Raus aus meiner Wohnung!"

„Unverschämt!"

„So was Dreistes!"

Die Frau schließt die Tür. Sie reißt die Vorhänge zu, löscht das Licht. Der Mann lächelt weiter
im Schlaf. Sie geht ins Bad, kniet auf den Fliesen.
Sie hält sich mit den Händen die Ohren ganz fest zu.
Sie hört das Weinen ihrer Kinder, hört das Hupen
der Autos, hört das Lachen der Leute. Fester hält sie
sich die Ohren zu, fester, fester! Sie lehnt den Kopf
an die Fliesen. Mit einem Mal verklingen die Laute.
Ein Hirte spielt Flöte. Ein Kind trällert ein Lied.
Auch sie verstummen wenig später. Kein Laut ist
mehr zu hören. Die Frau bewegt sich nicht von der
Stelle. Eine tiefe Stille, Furcht. Die Kinder weinen
nicht mehr. Die Autos fahren nicht mehr vorüber.

Zu Ende ist der Krieg. Zu Ende das Leben.

Nun hallt das Schluchzen eines anderen Kindes hinter einem Fenster durch dunkle Straßen.

Gleich wird die Mutter es in die Arme nehmen und zu trösten versuchen. Dann wird eine tiefe
Männerstimme zu vernehmen sein:

Hört mit dem verdammten Lärm auf!

In meiner Stadt

Nach der Rückkehr aus Istanbul wurde es allmählich besser. Ich setzte die Medikamente ab. Ich begann, mich wieder mit alten Freunden zu treffen. Ich beschloss, Hebräisch zu lernen. Weil alle Bücher meiner Lieblingsautoren bereits übersetzt und veröffentlicht waren, machte ich mich auf die Suche nach neuen Autoren. Ich übersetzte Bücher, die noch nicht in türkischer Sprache veröffentlicht waren und schickte sie an Verlage. Einige wurden verlegt. Ich hätte gern gewusst, ob du das mitgekriegt hast. Ich dachte, dass es dich gefreut hätte. Wir schrieben uns ja nicht mehr. Unser letzter Dialog war:

„Ich habe Tuberkulose."

„Sie müssen sich endlich erholen."

Ich schlief wenig, arbeitete viel. Ich beschwerte mich nicht. Mein Interesse an der Astrologie war erwacht. Alle sechs Monate öffnete ich eine neue Karte des Geburtshoroskops für uns. Soll ich zu ihm Kontakt aufnehmen? Die Antwort lautete immer: Nein.

Wieder zu Hause

Etwa sechs Monate später waren wir mit Nora in ein Taxi gestiegen, um aus dem Sanatorium nach Hause zu fahren. Nur Nora, sonst niemand. Meine Familienbande waren schwach, ich wurde nicht vermisst. Deshalb hatte auch kaum jemand von meiner Krankheit Kenntnis genommen. Wir sprachen nur das Nötigste miteinander und vermieden Blickkontakt. Obwohl ich, wohl wegen der Beispiele in meinem Umfeld, nie etwas von der Ehe gehalten hatte, hatten wir, Jugendliebe halt, geheiratet. Mit der Ehe assoziierte ich nichts Gutes. Das Leben, das ich führte, war der Ehe in keinster Weise förderlich. Als ich von meiner Krankheit erfuhr, hatte ich, weil ich eine Rückkehr ausschloss, das Ladenlokal weit unter Wert verkauft. Es war offensichtlich, dass mich ein neuer, leidvoller Lebensabschnitt erwartete. Auch Nora war sich dessen sehr wohl bewusst. Jahrelang hatte ich in den Tag hinein gelebt, hatte keinerlei Rücklagen, einen brauchbaren Abschluss ja auch nicht. Das Glück, das mich in jungen Jahren verwöhnte, hatte mir eine kurze Beschleunigung beschert und mich so weit gebracht. Aber was jetzt?

Allein zu Hause

Wie lange wohnen wir schon hier, wohl ziemlich lange. Ich hatte sie noch nie so richtig in Augenschein genommen. Es ist meine Junggesellenwohnung. Eine Weile hatte ich allein darin gewohnt, dann meine Familie zu mir geholt und war zum Militär gegangen. Als ich achtzehn Monate später zurückkehrte, hatte ich die Familie in einer anderen Wohnung untergebracht und geheiratet. Seitdem sind wir hier, aber ich habe nicht viel Zeit darin verbracht. Es ist heruntergekommen, abgenutzt. Das war es schon, als ich es kaufte. So wie ich kein guter Ehemann für Nora sein konnte, war ich offensichtlich auch kein guter Eigentümer für die Wohnung. Die Wände, die Decken, die Fensterrahmen sind erschöpft, das Mobiliar abgenutzt, alles riecht muffig, feucht···

Will Nora trotz allem die Beziehung fortsetzen? Oder will sie mir einen Denkzettel verpassen? Siehst du, selbst in dieser Lage ist niemand bei dir außer mir. Es gibt eigentlich nichts, was sie hält, wir haben uns bewusst gegen Kinder entschieden, haben es zumindest immer wieder aufgeschoben. Falls sie möchte, kann sie zu ihrer Familie ziehen. Sie muss nicht bei mir bleiben.

Mir geht es nicht gut. Die Medikamente, die Behandlungen, Kontrollen, die notgedrungene Abstinenz von alten Gewohnheiten. Mein Geist ist weit entfernt von seinem früheren Glanz. Und dann noch mein Alter. Was nun?

Neuer Abschnitt

Ich heiratete wieder, auch diesmal ohne groß zu überlegen. Er ist Verleger. Wir haben viel gemeinsam. Es läuft gut. Er sieht nicht schlecht aus, erfolgreich ist er auch. Sehr einfühlsam und immer verständnisvoll. Wir können gut zusammenarbeiten, wir ergänzen uns. Ein harmonisches Zusammensein. Er lässt mir viel Freiraum, akzeptiert, dass mir meine Unabhängigkeit wichtig ist. Nicht wie in der ersten Ehe, da hatte ich keine Luft zum Atmen mehr.

Ich habe aufgehört, in den Astrologiekarten zu lesen, es beschäftigt mich nicht mehr so stark wie früher. Ich habe ein geregeltes Leben, einen großen Freundeskreis, unternehme viel. Durch ihn und seine Freunde habe ich auch angefangen zu trinken. Jeden Abend haben wir Gäste: Schriftsteller, Lyriker, Kritiker, seine Freunde. Ja, im Moment läuft es gut.

Neuanfang

Zunächst wollte ich wieder etwas für mich machen. Etwas eigenes auf die Beine stellen, um wieder Fuß zu fassen. Freunde von früher und Verwandte suchte ich auf, um nach Unterstützung zu fragen. Fehlanzeige. Dass wir uns so sehr voneinander entfernt hatten, dass unsere Beziehungen derart abgekühlt waren, hatte ich noch nicht einmal bemerkt. Nora hatte Recht. Wie es aussah, sollte auch Nhamo Recht behalten. Dann begann ich mit der Arbeitssuche, was ohnehin das entwürdigendste an der Sache war. Wo haben Sie zuvor gearbeitet, welche Ausbildung haben Sie, welche Referenzen?

Morgens verließ ich das Haus und kehrte abends unverrichteter Dinge zurück. Mein Wille und meine Energie waren mäßig. Mit Nora sprachen wir wenig, vermieden Blickkontakt. Ich glaube, viel

Geld hatten wir nicht, Freunde auch nicht. So vergingen die Tage.

Was suchst du?

Nach einigen Monaten wurde es mir langweilig. Tag für Tag dieselben Themen, dieselben Leute, derselbe Rausch. Ich konnte es kaum mehr ertragen, ließ die Arbeit schleifen, litt unter Schlaflosigkeit. Kopfschmerzen, Diskussionen, Versöhnungen. So konnte ich nicht weitermachen. Ich sagte ihm, dass mir ab sofort keine Gäste mehr ins Haus kommen und auch kein Alkohol. Er willigte ein, wir machten einen Neuanfang.

Irgendwann kam er mir wieder in den Sinn und ich schlug die Karte auf. Sollte ich Kontakt zu ihm aufnehmen?

Nein.

Erster Traum zu Hause

Zunächst sah ich dich, verschwommen. Ich erkannte dein Gesicht sofort wieder. Du standest ziemlich weit von mir entfernt, mir zugewandt. Du trugst ein kurzes, weißes Kleid, warst viel kleiner als ich. Dann sah ich mich selbst. Ich bin nackt. Auch ich stehe, dir zugewandt. Von meinem Standpunkt aus kann ich den eigenen Rücken und den Hinterkopf sehen, aber ich habe keine Beine, die sehe ich nicht. Wo ich stehe, ist es dunkler, niemand in meiner Nähe. Wo du stehst, ist es heller, aber es ist keine behagliche Helligkeit. Wir strecken einander die Arme entgegen, wobei die Länge deiner Arme im richtigen Verhältnis zu deinem Körper ist, meine aber sind überdimensional lang. Unsere Fingerspitzen kommen einander sehr nah, können sich aber nicht berühren. Ich sehe mich zunächst ruhig um. Um deinen Kopf herum tauchen viele Köpfe auf, nur Köpfe, winzige Köpfchen, körperlos. Das sind

winzige Menschenköpfe, die sich wie Mikroben fort-
bewegen. Manche versuchen, in dein Ohr einzudrin-
gen, manche in deinen Mund, in deinen Leib. Sie
sind kurz zu sehen und verschwinden dann. Ich bemerke, dass mich eine Unruhe erfasst. Meine Hände
ziehen sich langsam in meine Arme zurück, deine
bleiben unverändert. Ich sehe den Anflug von Sorge
auf deinem Gesicht. Oder täusche ich mich? Mein
Körper im Traum kommt auf mich zu, durchdringt
mich, wir werden eins. Dann sehe ich wieder zu dir
hinüber, enttäuscht und ein wenig verärgert. Du
hast den Kopf leicht zur Seite geneigt und ziehst,
mit gekräuselten Lippen, die Hände langsam zurück.
Dann verschwinde ich aus dem Bild. Sobald ich
nicht mehr da bin, wird es noch heller um dich und
ein Gepolter steigt auf. Immer mehr Köpfe kommen
hinzu. Dutzende von Köpfen umzingeln dich. Zwischen ihnen kann ich nur noch deinen Haaransatz
erkennen. Dunkelbraun. Plötzlich kommt mir Nhamo in den Sinn, die Wahrsagerin aus dem Café. Ich
bin verwirrt. Dunkelbraun, Schokolade, süße Schokolade. Ich möchte um jeden Preis umkehren und
dich wiedersehen, doch ich kann es nicht. Ich stren-
ge mich an. Mit großer Anstrengung wird es mir ge-

lingen, denke ich. Dann, als ich dich fast erblicke, verschwindest du, weil dich die Köpfe anknabbern. Wir verlieren einander. Schweißtriefend, erschöpft wache ich auf. Mitten in der Nacht, stockdüster liege ich nackt und allein im Bett und denke an dich.

Gespräch mit Nora

Du weißt, dass ich seit einigen Monaten Arbeit suche. Noch habe ich keine gefunden. Weil du dich drum kümmerst, weiß ich es nicht, aber ich gehe davon aus, dass wir nicht mehr viel Geld haben, vielleicht sogar gar keins. Ich konnte noch nie mit Geld umgehen. Ab jetzt werde ich weniger verdienen als früher, ein mageres Gehalt. Miete müssen wir zum Glück ja nicht zahlen, Schulden haben wir, glaube ich, auch nicht. Kinder, die man versorgen muss, auch nicht. Wir könnten damit über die Runden kommen, aber unter diesen Umständen musst du nicht bei mir bleiben. Wir waren sehr jung, als wir uns kennen und lieben lernten und heirateten. Du hattest dich in den ersten Mann, den du kennenlerntest, verliebt. Na ja, er war fleißig, talentiert, ganz erfolgreich. Mit den Jahren habe ich mich verändert, stark verändert. Du bist die gleiche geblieben, du bist genauso wie am ersten Tag. Ich weiß wirklich nicht, was besser ist. Wir haben uns immer mehr voneinander entfernt, uns in unterschiedliche Richtungen entwickelt, meine ich. Ich kann dir nichts versprechen. Ich habe dir nichts zu geben als das, was du siehst. Wenn du möchtest, kannst du zu deiner Familie zurückkehren, vielleicht kannst du wieder heiraten. Du bist immer noch jung und ziemlich hübsch. Das warst du immer. Hübsch, herzensgut und treu. Das Problem liegt bei mir, ich war egoistisch, hochmütig. Sah auf alles von oben herab, ich glaubte, es würde immer so weitergehen. Es kam aber anders. Das Schicksal hat mir einen mächtigen Hieb versetzt. Ich denke nicht, das ich die Annehmlichkeiten, die ich in meinem alten Leben hatte, wieder erlangen kann. Ich glaube aber auch nicht, dass mir ein solches Leben Freude bereiten würde. Deshalb möchte ich, dass du es dir gut überlegst und zu einer für dich richtigen Entscheidung kommst. Ehrlich gesagt hätte ich niemals heiraten sollen, aber wie gesagt hatte ich damals nicht die Reife, das zu begreifen. Nimm bei deiner Entscheidung keine Rücksicht auf mich, ich komme schon irgendwie klar, bin ich schon immer. Seit meiner Kindheit arbeite ich, ich habe jede Art von Arbeit gemacht, ich habe mich immer irgendwie durchgeschlagen. Jetzt sieht die Sache anders aus, aber ich denke, es wird wieder reichen, um sich über Wasser zu halten, zu mehr aber nicht.

Sie hörte mir, im Sessel sitzend, zu, ohne mich zu unterbrechen und setzte ihr Statement:

„Ich bleibe bei dir."

Nora

Als ich dich zum ersten Mal sah, standest du an die Mauer am Eingang des Ladenlokals gelehnt und rauchtest. Ich erinnere mich sehr gut daran, obwohl es so lange her ist. Denn es war ein unvergesslicher Augenblick für mich. Du trugst ein einfaches schwarzes T-Shirt und enge Jeans und sahst mich an. Als sich unsere Blicke trafen, war mir klar, dass ich dein Schicksal bin. Wäre es möglich, diesen Augenblick noch einmal zu leben, wünschte ich, dein Schicksal ändern zu können. Ich weiß, dass du, mit Ausnahme der ersten paar Jahre, nicht ausreichend glücklich darüber warst, mit mir zu leben. Meine Gefühle für dich blieben die gleichen, aber du hast dich sehr verändert. Stell dir doch nur einmal vor, in dieser Wohnung wäre, statt meiner, eine Frau, die das, was du schreibst, mag, die deine Seele besser versteht als ich. Was für eine schöne Zeit hättest du und hätte sie, richtig? Bisher hast du ein schönes, erfülltes Leben gehabt, du solltest dankbar sein. Dann hat dich deine Gefühlswelt, die eine Intensität erreicht hat, der du nicht mehr Herr werden konntest, geschwächt und krank gemacht. Es gab viele Frauen in deinem Leben, das weiß ich. Kurze Beziehungen, für einen Moment, eine Nacht, aber auch ernstere. In jedem Lebensabschnitt haben dich unterschiedliche Frauen unterschiedlich intensiv geliebt, und du hast sie auch geliebt, ohne es allzu wichtig zu nehmen. Längere ernste Beziehungen hattest du auch. Du wusstest, dass ich es wusste. Es tat mir weh, aber ich ließ es mir nicht anmerken. Trotz allem habe ich nichts getan, was dir wehgetan hätte. Vielleicht hätte es dich auch kalt gelassen, das weiß ich nicht, aber ich habe es halt nicht getan. Immer mehr wurdest du für mich zu einem Buch mit sieben Siegeln und einer Enttäuschung, doch ich blieb bei dir. Als du dich zu Beginn deiner Erkrankung nachts schweißüberströmt und delirierend im Bett hin und her wälztest, habe ich viele Frauennamen gehört aus deinem Mund, es dir aber nie gesagt. Du wirktest sehr schwach und pflegebedürftig und außer mir war niemand bei dir. Ich hätte dich so nicht allein lassen können. Du fragtest einmal und ich antwortete ohne zu zögern:

„Ich bleibe bei dir."

Wo bist du?

Er hat sich verändert. Er kommt nicht vom Alkohol los, er schafft es nicht. Er kommt neuerdings sehr spät nach Hause, wenn ich schon schlafe, sturzbetrunken. Er hat angefangen, mir nachzuspionieren, mich zur Rede zu stellen. Es nimmt mir die Luft zum Atmen. Er stellt bohrende Fragen: Warum hast du das gesagt, warum hast du das geschrieben, wer war das, wer ist das ... Jeden meiner Schritte kontrolliert er, jeden meiner Sätze legt er auf die Goldwaage, missdeutet er. Ich ersticke. Ich bin das nicht gewohnt. Ich lasse das nicht mit mir machen, dafür habe ich zu viel Selbstachtung, die ich mir in all den Jahren erarbeitet habe. Ich bin mit mir im Reinen. Weder für ihn noch für sonst jemanden werde ich mich ändern. Ich kann das nicht, in einer Beziehung bleiben, wenn ich unglücklich bin. Selbst dann nicht, wenn noch Gefühle im Spiel sind. Das kann ich nicht.

Ich sehne mich nach ihm.

Er war erkrankt. Danach haben wir uns nicht wieder geschrieben. Ob er genesen ist? Was hat er, was mich so anzieht, selbst in seiner Abwesenheit? Ob er auch an mich denkt? Ich glaube kaum, ich habe nicht das kleinste Anzeichen dafür bemerkt. Aber warum schrieb er mir von seiner Erkrankung? Ich hatte eine Istanbuler Freundin angerufen und sie gebeten im Café vorbeizuschauen. Das führt jetzt ein anderer und niemand weiß etwas von seinem Verbleib. Wo bist du?

In 1100 Kilometer Entfernung

Ziellos laufe ich durch die Straßen, wie ein
Tagedieb ... Ich bin nicht sicher, ob ich ernsthaft Arbeit suche, eher schlage ich meine Zeit tot, scheit
mir. Mein Vater kommt mir in diesen Tagen häufig
in den Sinn, unerklärlicherweise. Plötzlich, wenn ich
an einem Gebäude vorbeikomme etwa, oder einem
Laden. Hatten wir hier mit ihm etwas Süßes gegessen, als ich Kind war, hatte er mir hier ein Spielzeug
gekauft, waren wir hier auf die Fähre gestiegen?

Ich kannte ihn nicht besonders gut, wollte ihn
nicht besonders gut kennen lernen. Guter Handwer-
ker, alkoholkrank, *1931 geboren. Mehr habe ich
nicht behalten. Denn ich habe schon im Kindesalter
das Elternhaus verlassen und bin meinen eigenen
Weg gegangen. Er hatte es genauso gemacht, aber
bereits mit dreizehn Jahren, indem er sich ins 1100
Kilometer entfernte Istanbul aufgemacht hatte. Als*

ich klein war, war er mit mir ein einziges Mal dort-
hin gefahren, wo er herkam und hatte mich mit der
Verwandtschaft bekannt gemacht. Eine weitläufige
Familie in einer engen, langen Gasse. Eine ruhige
Straße mit einstöckigen, ineinander übergehenden
Häuschen mit einem großen, gemeinsamen Innenhof. In jedem davon eine Familie, voller Liebe, voller Menschen. Jedes Haus hat eine Dachterrasse, wie
eine Himmelsterrasse mit Moskitonetz. Eine weitläufige, liebe Familie, die unter den Sternen schlief.
Ich hatte mich so gefreut, ich hatte mich dazu gehörig gefühlt. Das ist fünfunddreißig Jahre her, vielleicht sogar noch länger. Danach war ich nie wieder
dort.

Das Leben zu Hause

Er hat angefangen zu arbeiten. In einem be-nachbarten Stadtteil bei einer kleinen Versicherung-agentur. Er geht früh aus dem Haus und kommt nach der Arbeit gleich heim. Er trinkt nicht, hat auch nicht mit dem Rauchen angefangen. Noch nicht. Er geht jeden Tag zu Fuß zur Arbeit, keine Ahnung warum. Er führt kein Geld bei sich, sein ge-samtes Gehalt gibt er bei mir ab. Zu Hause geht er nach dem Essen sofort ins Bett und schläft. Schlapp ist er. Keine Spur von früheren Zeiten. Wenn ich morgens aufwache, ist er längst weg. Er trifft sich mit niemanden, führt kein Handy mit sich. Mit dem Schreiben hat er aufgehört, lesen tut er auch nicht. Ferngesehen hat er sowieso noch nie. So vergehen die Tage. Glücklich ist er nicht, aber er beschwert sich auch nicht. Schweigsam ist er.

Neulich abends habe ich gefragt: „Ob wir doch ein Kind machen sollten?" Er wirkte überrumpelt. So als sei ihm das noch nie in den Sinn gekommen. „Ich frage nur wegen meiner biologischen Uhr", meinte ich.

Nach kurzem Nachdenken sagte er: „Wenn's nach mir geht, nein. Was meinst du?"

„Mir ist es gleich", sagte ich. Ich kam nie wieder darauf zu sprechen.

Süße Schokolade

Auch von meinem zweiten Ehemann ließ ich mich scheiden. Nachdem wir einander nach Kräften zugesetzt hatten, haben wir Schluss gemacht. Punkt. Ich bin erschöpft. In so jungen Jahren zwei Ehen und zwei Scheidungen. Mein einziger Trost ist, kein Kind bekommen zu haben, wie gut. Wie werde ich mich wieder fassen und mein Leben neu ordnen? Es gibt kaum mehr etwas, was mir Freude macht. Ich spiele mit dem Gedanken, in eine andere Stadt zu ziehen, ein neues Leben zu beginnen. Ich muss das erst einmal verarbeiten. Werde ich es hinbekommen?

In letzter Zeit verspüre ich den Wunsch, ihm zu schreiben. Zu erzählen, wie es mir ergangen ist, mich ein bisschen auszuweinen, vielleicht auch ihm näher zu kommen, ein wenig wenigstens. Ach, wenn doch...

Am Arbeitsplatz

Ich bin schon im zweiten Jahr, ich fasse langsam Fuß. Ich komme morgens als Erster und öffne das Büro. Um meinen Geist bei Laune zu halten, versuche ich, an nichts zu denken, was mit der Vergangenheit zu tun hat. Es fällt mir nicht leicht, aber ich bemühe mich. Zuerst mache ich Ordnung, räume die Tische auf, wische Staub. Dann nehme ich sämtlichen Schreibkram an mich, ganz gleich was es ist und mache mich an die Arbeit. Eines Tages, als ich gut drauf war, kam mir Süße Schokolade wieder in den Sinn. Ich schrieb ihr eine kurze Nachricht. Ich wollte, dass sie weiß, dass es mir gut geht. Eine knappe Nachricht, die aber zu erkennen geben sollte, dass ich an sie denke. Warum auch immer. Sie kam zurück. Ihr Konto war gelöscht. Sehr schade.

Nora hat mit dem Geld, das sie, umsichtig wie sie ist, beiseite gelegt hat, die Wohnung auf Vordermann gebracht. Ein bisschen renoviert, die Wände streichen lassen, ein paar neue Möbel und so.

Täglich laufe ich fast zehn Kilometer und finde sogar Gefallen daran. Anfangs fand ich es anstrengend, doch mittlerweile macht es mir nichts aus. Beim Laufen versuche ich meinen kranken Geist zu zügeln, aber manchmal kann ich nicht umhin mich zu fragen: Was ist der Mensch? Dann denke ich kurz über mein altes Leben nach, anschließend über das neue. Angenommen, man wird mich, wenn ich diese Welt verlassen habe, fragen:

„Und? Was hast du so gemacht?"

Antwort: „Ich habe in Sirkeci in einem Geschäftshaus bei einer privaten Versicherungsagentur gearbeitet. Und eine Weile nach der Pensionierung kam ich halt hierher."

Wenn ich der Fragende wäre, hätte ich entgegnet:

„Schönen Scheiß hast du gemacht. Runter mit ihm!"

Solar Return

Etwas über zwei Jahre bin ich jetzt wohl geschieden. Und solo. Meine Pläne, nach Istanbul oder in eine andere Stadt zu ziehen, habe ich vertagt. Mit der Zeit ist das Vergangene restlos vergessen. Meine Gefühle, die mich zu dem Wunsch verleitet hatten, die Stadt zu verlassen, haben keine Gültigkeit mehr. Auch wenn ich mir Mühe gebe, keinen Gedanken mehr daran zu verschwenden, komme ich manchmal nicht umhin mich zu fragen: Was ist Zeit? Anschließend kommt er mir wieder in den Sinn. Wie mag es ihm ergangen sein? Ich schlage das Geburtshoroskop auf, zunächst meines. Gibt es ein Return von jemandem aus der Vergangenheit?

Minuten vergehen. Ich kann es kaum abwarten.

Nein ... Nichts ···

Dann schlage ich seine Karte auf, ich kenne sein Geburtsdatum, den Geburtsort und die genaue Geburtsstunde. Ich hatte sie mir gemerkt.

„Gesundheit, Wohlergehen, Arbeit, Alltagsleben."

So gar nicht nach seiner Fasson.

Er schaut pessimistisch in die Zukunft. Er klebt an der Vergangenheit, aber auch für ihn gibt es keinen Return von jemandem aus der Vergangenheit.

Ich werde weiterhin den richtigen Zeitpunkt abwarten.

Süße Schokolade träumt

From Eden[1]

Splitternackt laufe ich nächtens durch einen einsamen Wald, hastig, fieberhaft. Das Lied „From Eden" hallt in meinen Ohren:

„Baby, du hast etwas Tragisches, etwas Magisches an dir

Während ich laufe und die Worte im Wald hallen, tauchen Raubtiere neben mir auf und beginnen, mit mir zu laufen, auch sie in einer grundlosen Hast.

Plötzlich wird mir klar, dass ich dich suche. Ich halte an und schreie aus voller Kehle: „Splitternacht laufe ich mitten in der Nacht durch einen einsamen Wald, Liebster, wo bist du?"

1   From Eden, Hozier

Die Tiere, die meinen Schrei hören, setzen sich mit mir in Bewegung. Die Pferde wiehern, die Bären brummen, die Wölfe heulen und wir laufen schnell tiefer in den Wald hinein. Und unser Lied klingt fort:

„Baby, du hast etwas Einsames an dir, etwas Zuträgliches an dir Komm näher"

Dann sehe ich dich. Da vorne bist du, auf dem Grund einer tiefen Grube. Ich beuge mich hinunter und rufe dir zu: „Liebster, ich bin da. Bei dir." Du hörst mich nicht.

Unser Lied hallt weiter durch den Wald, die Wölfe heulen weiter.

„Baby, das Ganze hat etwas Bemitleidenswertes etwas Kostbares an sich

Womit soll ich beginnen?"

Du regst dich nicht, deine Hände umklammern die Beine, dein Kopf ist vornübergebeugt. So sitzt du da, stumm, als wärest du in Gedanken vertieft. Hoffnungslos singen meine Lippen die letzte Strophe des Liedes mit:

„Ich komme aus dem Paradies, nur um an deiner Tür zu sitzen."

Nass geschwitzt, erschöpft wache ich in der stockdüsteren Nacht auf. Nackt und allein bin ich im Bett. Ich denke an dich.

Süße Schokolade hat Geburtstag

Heute hat sie Geburtstag, auf ihrer Seite wird sie gefeiert. Einunddreißig sei sie geworden, schreibt sie, was man ihr überhaupt nicht ansieht. Für mich sieht sie immer noch aus wie eine Studentin. Die Seite ist voll mit Herzen, Sektgläsern, Blumen. Emoticons und Fotos zu den Glückwünschen. Seit einem Monat haben wir einander nicht mehr geschrieben. Ich wollte diesmal nicht den ersten Schritt tun. Ich möchte sie nicht verlieren, aber noch mehr möchte ich, glaube ich, diese Balance nicht verlieren. Ich meine die Art unseres Kontakts, selten, aber beständig. Kurzerhand habe ich ihr dann doch eine Nachricht geschickt, um zu gratulieren. Sie antwortete umgehend, höflich, doch reserviert. Dann hatten wir an diesem Tag unseren längsten Chat. Wir müssen einander ziemlich vermisst haben. Es dauert ja nicht mehr lange, bis wir uns sehen werden, ich bin aufgeregt und angespannt. Sie gibt sich Mühe, mich nach Kräften zu beruhigen, was ihr auch gelingt.

Wie es aussieht, hat sie etwa zehnmal so viele Bücher gelesen wie ich, und das trotz meines Altersvorsprungs. Wenn es nur Literatur wäre, sie kennt sich auch mit Kino aus, mit Musik, mit allem eben. Ich saß fassungslos vor dem Bildschirm, während ich las, was sie so schrieb. Wie gegensätzlich wir sind. Während ich seit Jahren versuche, alles aus meinem Gedächtnis zu löschen, füllt sie ihres unentwegt mit allem Nützlichen und Unnützen. Nützlich und unnütz, das sind natürlich meine Kategorien, na ja, eigentlich eher das Unnütze ist meins.

Nora ist verwundert

Mit Sechserwetten hat er angefangen, mit über vierzig Jahren. Dabei versteht er nichts von so was ... Er kann nicht einmal Backgammon oder Pischti spielen. Abend für Abend kommt er mit einem Programmheft, zieht sich nach dem Essen in sein Zimmer zurück und tüftelt an seiner Strategie. Bulletinpunkte, Handicappunkte, Dosage Index Werte, Jokeys, Abstammungen ···

Seine Augen sind immer schlechter geworden. Im Fernsehen kann er die Rennpferde kaum auseinanderhalten. Wenn er den Wettschein ausfüllt, ändert er ständig seine Taktik. An manchen Tage setzt er nach den Namen der Pferde, an anderen nach der Form der Jokeys, manchmal nach Zahlen. Nichts funktioniert, kann ja nicht. Ich weiß das von Vater, der ist sein ganzes Leben hinter den Pferden hergerannt. Jeden Sonntag ging er zum Veliefendi Hippodrom. Wenn wir wollten, nahm er uns Kinder mit. Er begann immer mit einer Sechser, dann Fünfer, Vierer und beschloss den Tag mit einer Einzelwette. Ich kann mich nicht erinnern, dass er jemals gewonnen hätte. Er verlor eine Menge Geld bei Pferderennen.

Auf einen hohen Gewinn scheint er zu hoffen, um in sein altes Leben zurückzukehren. Ein Café oder eine Bar wird ihm wohl wieder vorschweben, je nach Betrag. In der Szene erinnert man sich nicht mehr an ihn. Er war zu lange weg. Er lässt es sich nicht anmerken, aber bestimmt vermisst er sein altes Leben. Bücher, Auszeichnungen, Frauen und junge Mädchen, die ihn umschwärmen. Und dann der Morgentrunk. Das war ihm seit seiner Jugend das Wichtigste. Er liebte es, ganz gleich, wie spät er ins Bett gegangen war, in aller Frühe aufzustehen und zu trinken, ganz gleich was, Bier, Wein, Raki. Was gerade da war. Dann legte er sich wieder hin und schlief bis mittags.

Fast vier Jahre sind es nun, dass er weder Alkohol noch Zigaretten angerührt hat.

In letzter Zeit hat er es mit den Zahlen und spricht vor sich hin:

„Gestern hatten beim dritten Lauf die Pferde mit der Nummer 8 gesiegt, vorgestern beim vierten Lauf die mit der Nummer 5. Dann kommen heute garantiert bei den ersten drei Läufen die Nummern 2.“ Kommen sie natürlich nicht, jahrelang ging das so. Einmal hat er alles sein lassen und auf sein Geburtsdatum gesetzt: 1-2-1-2-6-9. Da hatte er zum ersten und letzten Mal bei der Sechserwette gewonnen. Nicht viel, denn alle einlaufenden Pferde waren als Favoriten gesetzt. Aber das wollte er auf keinen Fall gelten lassen. „Nein“, sagte er, „wenn sie Außenseiter gewesen wären, hätten sie auch gesiegt. Es hat nichts mit den Pferden oder Jokeys zu tun.“

Womit hat es denn dann zu tun?

Tagtraum des Mannes

Die Jahre sind eines nach dem anderen im selben Trott vergangen, in derselben Sinnlosigkeit, wenn man mich fragt. Ich habe fast das Rentenalter erreicht, fehlt nicht mehr viel. Meine Haare, mein Bart ergrauen allmählich. Mit dem Rauchen habe ich wieder angefangen, ich zünde mir eine an, wenn mir danach ist. Da ist etwas, was mir immer durch den Kopf geht, nämlich der Wunsch nachzudenken. Ich sehne mich nach einem Ort, in der Ferne, ruhig, abgeschieden, ohne Menschen, wo ich mich niederlassen und wenigstens meine letzten Jahre, auch wenn es nur wenige sein sollten, in noch mehr Einsamkeit, mit noch mehr Nachdenken verbringen kann. Nachdenken, aber nicht über die Vergangenheit grübeln, das ist etwas anderes. Ich meine, wo doch über mir Abermilliarden von Sternen kreisen, wo das Universum derart groß und alles im Grunde derart geheimnisvoll ist, barfuß die Erde unter mir berühren und vor mich hin denken, vielleicht in einer Hütte oder einem Holzhaus. Ohne Gegenstände, ohne Erinnerungen, leer und ruhig. Ohne all das Gewaltige zu ignorieren und sich stattdessen mit unsinnigen Tätigkeiten, nutzlosem Papierkram, dummen Menschen, Policen herumzuplagen, meine ich. Ohne sich sorgen machen zu müssen, wie man einigermaßen über die Runden kommt, ohne jegliche Verpflichtung. Das alles ist doch töricht, finde ich, während man unter so vielen Sternen lebt. Vielleicht noch ein Buch schreiben nach all den Jahren, ein Buch, in dem Sterne, Zahlen, Gedanken, Träume vorkommen, und eine kleine feine Fiktion dazu. Eine magische Liebesgeschichte mit Happy End, denn ich habe bislang nichts geschrieben, was ein Happy End hatte und auch das, was wir schreiben, sollte sich, finde ich, erneuern und weiterentwickeln.

Ich muss gestehen, dass ich mir wünschte, Süße Schokolade schaute dort ab und zu vorbei. Mit ihr dort unter den Sternen sitzen, Wein trinken, rauchen, ohne viele Worte. Wie gut mir ihre Jugend, ihr Glanz, ihr Wissen, ihre verträumten Blicke tun würden.

Unter den Sternen ... Ich denke wieder an den Ort, an den mich Vater einmal brachte, als ich ein Kind war. Die Himmelsterrasse mit Moskitonetz in seinem Heimatort.

Ich hege keinerlei Hoffnung hinsichtlich der Zukunft, ich sehe auch nicht den kleinsten Lichtblick.

Warum bin ich immer noch hier?

Kombin

Uns verbindet ein unzerreißbares, unendliches, uns immer wieder zueinander führendes Band. So wird einer von uns unweigerlich zurückkehren, wenn die Zeit gekommen ist. Auch wenn der Kontakt sehr lange unterbrochen war, bin ich überzeugt, dass wir eines Tages zusammenkommen werden.

Jahre später befrage ich erneut das Geburtshoroskop:

„Sollte ich mit ihr in Kontakt treten?"

„Ja."

Endlich···

Die Rückkehr zu einer früheren Beziehung deutet sich an. Und auch ein Neuanfang für das Schreiben.

Es ist soweit ⋯

„Ich freue mich sehr, dich wiederzusehen."

„Ich freue mich auch, Sie wiederzusehen …"

Der Schriftsteller erzählt

Alles trug sich so zu, wie die junge Frau, das heißt Süße Schokolade, es geplant hatte. Bei ihrem ersten Wiedersehen nach dreizehn Jahren war er aufgeregt und befangen, sie stark und selbstsicher, die Ruhe selbst. Einvernehmlich hatten sie den Eingang zum Alten Bahnhof als Treffpunkt gewählt. Es war gegen Mittag. Der Mann schien nicht recht zu wissen, was zu tun, was zu sagen war, wohin er mit seinen Händen sollte, aber das alles war unbedeutend, denn sie hatte alles in allen Einzelheiten bedacht. Langsam und lächelnd kam sie, mit ihrer pinkfarbenen Reisetasche in der Hand, auf ihn zu:

„Hallo." Mit ihrer süßen Stimme, sanft, ohne ihn zu erschrecken. Sie stellte die Tasche ab, berührte ihn sacht mit ihren kleinen Händen am Arm und sah ihm in die Augen.

„Es geht dir gut, oder?" Er nickte.

„Bist du soweit? Sollen wir los?" fragte sie. Er nickte wieder.

Sie stiegen in eines der wartenden Taxis und fuhren zum Stadtzentrum. Er wollte ihr die Reisetasche abnehmen, aber Süße Schokolade ließ nicht einmal dies zu.

„Wir haben noch ein wenig Zeit, bis wir ins Apartment können, Liebster", sagte sie. „Setzen wir uns kurz auf die Bank hier?" Er nickte wieder. Sie setzte die Tasche neben ihm an der Bank ab, ging in das gegenüberliegende Geschäft und kam mit Getränken zurück.

„Möchtest du eine rauchen? Vielleicht, um etwas ruhiger zu werden." Er sah sie an und sagte:

„Gute Idee." Sie zog aus der Schachtel, die sie umsichtig für ihn mitgebracht hatte, eine Zigarette hervor, zündete sie mit dem Feuerzeug an und reichte sie ihm, nachdem sie einen tiefen Zug genommen hatte. Dann sah sie zu, wie er, lächelnd und ruhiger geworden, in der einen Hand die Zigarette, in der anderen den Pappbecher hielt.

Am Gebäudeeingang ließen sie sich den Schlüssel geben und betraten das Apartment. Gleich am Eingang das Bad, an der Seitenwand zum Bad eine kleine Küchenzeile, daneben ein Zweier-Sofa mit einem kleinen Tisch davor und nebenan das Schlafzimmer. Nachdem sie die Tür geschlossen hatten, blieben Beide eine Weile, voneinander entfernt, stehen. Er zog die Jacke aus, legte sie auf den Stuhl und setzte sich auf das Sofa. Sie tat es ihm gleich, legte ihren Mantel auf den Stuhl und setzte sich sacht zu ihm. So saßen sie eine Weile schweigend da. Dann drehte er den Kopf langsam zur Süßen Schokolade und sah ihr tief in die Augen. Als ihre einander nähernden Lippen aufeinander trafen, war nicht einmal der Hauch eines Schmerzes über die Vergangenheit in ihren Köpfen geblieben. Mit einer kindlichen Freude begaben sich ihre Seelen in ihren geborgten Körpern auf eine sehr lange Reise. Diese dauerte von dem Nachmittag jenes Tages bis fünf Uhr des nächsten Morgens. Um fünf legte sie, nach einer letzten intensiven Vereinigung, ihren Kopf auf seine nackte Brust und schloss wohlig und befriedigt die Augen.

„Nie zuvor hätte ich gedacht, dass etwas in der Wirklichkeit schöner sein könnte als die Vorstellung davon", sagte er, um auch erschöpft die Augen zu schließen.

Wie eine Geschichte ist auch das Leben. Nicht wie lange es dauert, zählt, sondern wie gut es ist.

Seneca

Eine kurze Notiz von Süße Schokolade

Ich habe uns ein Leben unter den Sternen bereitet, wie du es dir erträumst, dort, wohin du dich, wie du sagtest, zugehörig fühlst. Du brauchst mir nur zu schreiben, wann du soweit bist, damit ich dich abholen kann.

Eine kurze Notiz für Nora

Mir wurde dort, wohin ich mich zugehörig fühle, unter den Sternen, ein Leben bereitet, wie ich es mir erträume. Ich gehe für immer fort.

Rückkehr

„Warum trägst du in deiner Brieftasche nur dieses eine Foto, Liebling?"

※

„Das ist das Foto, das in Vaters Todesjahr gemacht wurde. Nein, sogar an seinem Todestag."

„Wie alt bist du da?"

„13."

„Welches Jahr ist das demnach?" „2000."

„Und wie alt war ich 2000?" „Hmm, 31."

„Und wie alt bist du heute?" „31."

„Vor wie vielen Jahren hatten wir noch mal uns kennen gelernt?"

„13."

Sie lachten.

Nachdem sie aus dem Flugzeug stiegen, nahmen sie das erste der am Ausgang wartenden Taxis mit dem Provinzkennzeichen 31 und nannten dem Fahrer die Adresse. Während der Fahrt fragte er:

„Müssten wir jetzt eigentlich ein Kind machen?" „Nein", entgegnete Süße Schokolade lächelnd:

„Wir müssen nichts anderes als einander lieben."

STREIFZÜGE

Merih Günay

aus dem Türkischen von Hülya Engin

So sehr du auch bleibst, kommt du mit mir, so sehr ich gehe, bleibe ich bei dir.

Shakespeare

I

Es ist weit nach Mitternacht. Seit einigen
Stunden sitzen wir uns in den Sesseln in unserem
Zimmer gegenüber. Es ist unser zweites Treffen,
diesmal an einem anderen Ort. Ihr fallen fast die
Augen zu, aber sie wehrt sich gegen den Schlaf, obwohl ich sie ermutige. "Ohne dich gehe ich nicht zu
Bett", sagt sie. "Ich werde auf dich warten." Wir sind
beschwipst. Ich wünsche mir, dass sie sich, mir zugewandt, hinlegt und die Augen schließt. Um sie im
Schlaf zu betrachten, ihre breite Stirn, ihre Augenli-
der, ihr lockiges Haar, ihre vollen Lippen möchte
ich betrachten, während ich meinen Wein trinke, im
Dunkeln.

Einen kalten und anstrengenden Tag haben
wir hinter uns. Sie hat mich, fest am Arm gepackt,
hierhin und dorthin geschleppt. Ich mag es, Zeit mit
ihr zu verbringen, durch die Straßen zu streifen, Bli-

cke zu wechseln, etwas zu essen und alles, was wir sonst so machen. Über unseren Tod sprachen wir gerade. Sie denke, sie werde wohl in einem anderen Land sterben, sagte sie. "Ja," erwiderte ich. "Ich denke auch, du könntest irgendwo im Ausland sterben." Darauf sie etwas Unerwartetes: "Aber ohne dich kann ich doch nicht weg." Ich war verblüfft und bat sie, es zu wiederholen. Mit geschürzten Lippen sagte sie es genauso noch einmal. "Wirklich nicht?" fragte ich. "Natürlich nicht," antwortete sie. Es hat den Anschein, dass da ein starkes Band ist zwischen uns. "Manchmal," sagte ich, "glaube ich, dass wir füreinander bestimmt sind."

"Weißt du", sagte sie, "das denke ich auch oft."

Auch dieses Mal haben wir kaum geschlafen, trotz des anstrengenden Tages. Weder unsere Lippen noch unsere Körper konnten ohne einander sein. Unsere scheinbare geistige Unvereinbarkeit tritt hinter eine klare Linie zurück, sobald es um den körperlichen Einklang geht. Ein Zustand hervorragender sinnlicher Harmonie. Unsere Hände können nicht einmal für wenige Augenblicke vom Leib des anderen lassen. Selbst nach den häufigen Höhepunkten der Lust fällt es unsere Lippen schwer, sich voneinander zu lösen. Unser Begehren und unser Glück scheinen schier endlos, wenn wir zusammen sind. Nahezu eine rare Art der Kompatibilität.

Belanglosigkeiten, die nicht stören, wenn wir beisammen sind, bündeln sich zu einer erschütternden Krise und Schmerz, sobald wir getrennt sind. Die sinnliche Liebe überlässt ihren Platz der geistigen, die sogleich zur Tat schreitet.

Belanglosigkeiten. Vielleicht auch nicht. Für mein Dafürhalten ist Haltung wichtig, Mimik, Wortwahl, Berührungen. Sie ist in diesen Dingen viel unbekümmerter. "Meine Sicht der Welt ist anders als deine. Ich nehme Menschen und Ereignisse nicht so ernst wie du", sagt sie.

Anais Nin, schrieb in einem ihrer Briefe an Henry Miller folgenden Satz: "Drama ist alles, der Grund des Dramas ein Nichts!" Das beschreibt mich. Ganz klar. Es legt den Gedanken nahe, dass dies eine Art Seelennahrung von Kreativen ist.

II

Wir wissen, dass wir auf unterschiedliche Arten länger zusammen sind als die reale, messbare Zeit. Ich beispielsweise denke, dass sie tausend Jahre alt ist, sie wiederum ist sicher, dass sie, ungeachtet der Tatsachen, in Wahrheit älter ist als ich. Und ich glaube es ihr. Bei unserem zweiten Treffen, während ich unsere Liebe mit einer großen Leidenshaft in sie ergoss, sah sie mich, unter mir schnurrend wie eine Katze, mit Augen an, als habe sie am Ende ihres tausendjährigen Lebens endlich das ersehnte Glück gefunden. Ich sah in diesem Blick den Ausdruck einer genau tausendjährigen Glückseligkeit.

Das Zimmer unseres ersten Zusammenseins war mir schöner erschienen als das jetzige, wie eine kleine Wohnung, in der wir seit Jahren zusammenleben. Die Küchenzeile, an der sie morgens Kaffee kochte und Gebäck aufwärmte, das relativ saubere

Bad, in dem wir nach jedem leidenschaftlichen Liebesspiel duschten, das Zweier-Sofa, auf dem wir eng aneinander geschmiegt sitzen konnten, bunte Vorhänge... "Aber ich kann dich doch nicht verlassen..." Am nächsten Tag hatte sie mich verlassen. Unmittelbar nachdem sie diesen Satz formuliert hatte, ohne sich darum zu scheren, wie ich mich vor Schmerz krümmte.

Die Entfernung von tausend-einhundert Kilometern und ein tausendjähriges Begehren liegen zwischen uns. Eine neue Krise kündigt sich an, ich versuche mich zusammenzureißen, doch vergebens. Man sollte nicht so sehr lieben. Wenn man es vermeiden kann natürlich...

Ich sehe sie vor mir, wie sie, ins Badetuch gehüllt, aus dem Bad tritt und mit schnellen Schritten sich nach meinem Hals streckt und ihre Lippen auf meinen Mund presst. Und mich küsst und küsst und küsst, während sie mich, brennend vor Lust, auf unser Bett hinunterdrückt.

III

Sie kam zurück. Stunden später, genauer, nachdem ich exakt 523 Worte geschrieben hatte.

"Woran denkst du?"

"Ich denke nicht, ich schreibe."

Sie war zurückgekehrt, bevor meine Wut, auf deren Berechtigung ich bestand, verflogen war. Das heißt, nachdem ihre verflogen war. Wenn sie wütend ist, gekränkt oder verblüfft, muss man sie eine Weile in Ruhe lassen. Das kommt mir gelegen, doch ich bin kein Mann der Verteidigung, ich liebe den Angriff.

"Stell dich tot, wenn du mich auf die Palme gebracht hast. Sei still."

"Ich denke nicht im entferntesten daran, Süße..."

Unerwartet früh war sie zurückgekehrt. In solchen Situationen, wenn ich mich auf dünnem Eis bewegt habe, plane ich auf jeden Fall den weiteren Verlauf. Wäre sie am nächsten Morgen nicht zurückgekommen, nachdem sie sich beruhigt hat, wäre da noch mein Geburtstag als Rettungsanker. Sie hätte sich auf jeden Fall gemeldet. Sie hätte es nicht übers Herz gebracht, ihn zu ignorieren. Schließlich war dies nur eine Atempause. Dass es für uns so etwas wie ein Ende nicht gibt, das wussten wir beide genau. Angenommen, sie hätte sich vor meinem Geburtstag drücken können. Für diesen Fall hatte ich ein Buch zur Hand, das ich ihr, mit markierten Lieblingsstellen, schicken wollte, wenn ich es ausgelesen hatte. Sie wartete schon voller Vorfreude darauf. Ein Weg des Dialogs. Meine Wut allerdings dauerte noch an, ich wollte nicht nachgeben. Weil ich aber keineswegs riskieren wollte, es zu lange hinauszuzögern und ohne sie zu sein, lenkte ich meine Aufmerksamkeit auf ein anderes Ziel. 'Hochzeit der Möwen.'

Ich war derart pleite, derart erbarmungswürdig, selbst auf eine einzelne Zigarette angewiesen und derart einsam, als ich dieses Buch schrieb. Ich schleppte mich schwerfällig durch die Straßen, stolperte über anderer Leute Füße, stieß gegen die Schulranzen von Kindern. Ich war ungewaschen, Straßenkatzen flüchteten bei meinem Anblick hinter die Müllcontainer, Hunde griffen mich an, Polizisten hielten mich auf Schritt und Tritt an und stellten Fragen, die meinem Zustand keineswegs zuträglich waren. War das damit gemeint, eines Morgens aufzuwachen und festzustellen, dass man sich in einen Käfer verwandelt hatte? Oder jede verstreichende Minute eine reale, unausweichbare Verwandlung angesichts von Hunger, Elend, Armut und Leid?

Als ich mit Araksi zusammen war, hatte ich eine großartige Kurzgeschichte mit dem Titel 'Sie weinte' geschrieben, aus meiner Sicht natürlich. Araksi hatte, nachdem sie sie mit weit aufgerissenen Augen gelesen hatte, getobt: "Wenn du die irgendwo veröffentlichst, verlasse ich dich!" Vielleicht aus Angst, von ihr verlassen zu werden oder auch durch sie eines besseren belehrt, dass die Zeit noch nicht reif war für diese Geschichte, hatte ich sie ohne größeren Widerstand weggelegt. Ich verliere im Leben ohnehin, weil ich zu schnell nachgebe. Auch wenn ich die Funktionsweise von Zeit nicht begreife, glaube ich doch daran, dass ein jedes seine Zeit hat. In nur wenigen Stunden werde ich fünfzig. Ich fürchte mich nicht mehr davor, verlassen zu werden. Ich fühle, dass meine längst beendet geglaubte Reise wieder Fahrt aufnimmt. Das ist das einzige, was für mich zählt.

"Weißt du," schreibt sie, "ich habe nachgedacht. Du hast wohl Recht. Künftig werde ich besser auf meine Wortwahl achten."

Es ist wichtig, seine Worte sorgfältig zu wählen... Worte schaffen Verbindungen oder auch nicht. Das ist unbestreitbar.

Himmel und Hölle sind in den Köpfen.

IV

"Du musst mit dem Rauchen aufhören," sagt sie häufig, "und zwar möglichst bald."

Gut, aber was hattest du mir vor Monaten noch gesagt, damit ich mich besser fühle? Waren das nicht deine Worte?

"Du möchtest rauchen, dann rauche, so viel du willst. Du möchtest deinen Tag in betrunkenem Zustand verbringen, dann nur zu. Das alles ist völlig unwichtig für mich. Lebe dein Leben, wie du magst. Komme was wolle, ich werde bei dir sein. Denn das alles macht dich aus. Das bist du, untrennbar von deiner Vergangenheit."

"Richtig. Das sagte ich. Und ich bin, wie versprochen, an deiner Seite. Wenn du allerdings die Anzahl der Nächte, die ich in deinen Armen verbringe, erhöhen möchtest, solltest du meiner Ermahnung Gehör schenken."

Die Anzahl der Nächte, die ich in deinen Armen verbringen werde, erhöhen...

Dinge, die vor einigen Monaten unrealisierbar schienen, werden mit jedem Tag denkbarer. Wahrscheinlichkeit. Ja, auch das ist wahrscheinlich, schließlich haben wir gesehen, dass uns so mancherlei Bedeutungsvolles widerfahren ist. Gelegentlich werfe ich wieder einen Blick in den Ankleidespiegel in der Diele. Mein Gesicht ist fahl, verdrossen, ein Herpesbläschen an meinen Lippen, wahrscheinlich von dem Anfall vorletzte Nacht. Leichtes Fieber habe ich auch. Die Nacht hindurch hörte ich beim Atmen zwischen den hartnäckigen Husten ein Rasseln. Ich sollte das selbst in die Hand nehmen, bevor ein Krankenhausaufenthalt unvermeidbar wird. All die Injektionen, den Geruch nach Blut und Medizin, die unwürdige Abfertigung ertrage ich nicht ein zweites Mal. Ich muss mich von Zigaretten, Alkohol und Krisen fernhalten. Sonst werde ich am Ende im Sanatorium elendig krepieren wie eine Kakerlake oder aber, ja, oder aber ich werde die Anzahl der Nächte mit dir erhöhen. Gott helfe mir. Wenigstens ist die Vorstellung von dir in meinem Bett mächtiger als mein Gottesglaube.

Die unaufhaltbare Zeit fließt weiter. Die meisten der armseligen Menschen sind auch diesen Abend von der Arbeit heimgekehrt zu ihren Zimmern, Frauen und Kindern. Zu ihren Möbeln und Betten, ihren Kissen, Decken und fest zugezogenen Vorhängen. Sie haben Wasserhähne, Maschinen, Klamotten, Schränke und all den Kram. Weiße Sitze, auf die sie sich zum Scheißen hocken, ähnlich wie die Streukisten ihrer Katzen. Ich gehe vornübergebeugt in der Diele auf und ab. Plötzlich werde ich in ein Konzert katapultiert. Es ist 1993. Das Jahr, in dem ich dieses Zimmer bezog. In der engen Diele vor dem Zimmer, in dem ich fünfundzwanzig Jahre lang gelebt habe wie ein erbärmlicher Insekt, findet jetzt ein irres Konzert statt. OpenAir sogar. Der Solist, prollig, in einen pinkfarbenen Stofffetzen gehüllt, bemerkt das Mikro in seiner Hand kaum, so dass es im nächsten Moment seinen zitternden Fingern entgleiten und zu Boden fallen könnte. Sein

Körper ist vornübergebeugt, leerer, glanzloser Blick durch zusammengekniffene Augen. Er spricht zu der Zuschauermenge vor der Bühne...

Ich will das alles von vorne beginnen.

Die Krise lauert schon. Und die Nächte sind zu lang, um es mit ihr aufnehmen zu können.

Ich werde daran arbeiten dich zu heben Hoch genug nur, um dich wieder nach unten zu ziehen.

Die Trugbilder in der unaufhaltsamen Zeit aufzuhalten versuchen oder aber ein für alle mal kapitulieren mit fünfzig Jahren, womöglich auf eine denkwürdige Art, indem man eine außergewöhnliche Vorstellung hinlegt, meine ich. Indem man stirbt wie eine Wanze, beispielsweise, auf der Stelle, aber schleppend und schwerfällig, vor aller Augen. Nicht indem man mit einem Mal als Käfer aufwacht, sondern indem man wie ein Käfer stirbt, meine ich, langsam und kriechend.

Willst du mir nicht etwas zuflüstern? Doch die Vergangenheit ist vorbei. Was ich will, ist von ganz vorne beginnen.[2]

Ich kann dein Flüstern nicht hören, du bist so fern. Das Dielen-Konzert geht dem Ende zu. Die Krise tritt in eine andere Dimension und wird wieder zu dem alten, seelischen, grundlosen Schmerz. Besser so. Ich weiß, dass es mir besser gehen wird, je mehr grundlosen Schmerz ich erleide. Wie war der Satz noch mal?

"Alles ist Drama, ein Nichts der Grund des Dramas." Ein Nichts...

Ich muss dem gelegentlich auf den Grund gehen, ob dies zutrifft oder nicht.

Sich nachts um Zwei von sechzig Meter Höhe in das finstere Meer fallen zu lassen, kommt mir im Vergleich zu einem Fall von einem erhöhten Platz wie ein Kinderspiel vor. Denn bis du auf den erhöh-

2 Tool Sober

ten Platz gelangst, sind immer Leute bei dir und beim Fallen lediglich die Musik.

V

Durch die Gardinen betrachte ich die noch nicht aus ihrem Schlaf erwachte Stadt, in den frühen Morgenstunden einer fiebrig, schwitzend und mit Schüttelfrostattacken zugebrachten Nacht. Kalt, im Zwielicht, fröstelnd die Stadt. Die Menschen immer noch im Tiefschlaf der in ihren jeweiligen Zimmern errichteten Einsamkeit. Menschenleer die Straßen. Die hässliche Stadt aus Beton, Metall, Glas und Vorhängen mit ihren Millionen Zimmern schlummert mutterseelenallein unter ihrer Wolkendecke. Wenn sie aufwachen und zu ihren Telefonen, Rechnern und Arbeitsplätzen eilen, um die einsamen und unglücklichen Nächte zu vergessen und einander mit aufgesetzter Fröhlichkeit ihre Tagesvorstellungen vorzuspielen beginnen, werde ich meinen bemitleidenswerten Geist so weit erschöpft haben, dass es zum Einschlafen reichen dürfte. Zimmer, Türen, Zimmer. Nächte, Morgen und aufeinander folgende Tage, die träge vergehen und kein Ende finden. Geräusche, Stimmen und Stille. Lügen, Betrügereien, Annäherungen, Entfernungen und ... Ja, und Gedichte.

"Hast du eine Uhr?" fragt der Pirat Ich reiche ihm eine Zigarette und das Licht beginnt sacht durchs Fenster zu dringen

Ich verliebe mich in eine Strophe:
Mein Tisch ist gedeckt für sechs
Kristall und Rosen
Ich mit meinen Gästen
Schmerz und Kummer[3]

Und es leeren sich die Flaschen
Alle Gäste brechen auf
Strecke meine Hand nach deinem Gesicht
Dein Gesicht zieht vorbei an meinem Fenster
Alle Gegenstände singen ein Lied
Du bleibst stumm. Warum?
Baldige Begrüßung des Morgens
Das Band wird durchschnitten gleich

3 Tarkowski

Und eine Frau dreht sich zur Seite im Bett
Ein Kind lächelt im Schlaf
Der erste rote Bus verlässt die HaltestelleSehn-
sucht nach dir schleicht von fern ins Zimmer

Zwei Verszeilen erschüttern meine Nacht:
"Mein Vater lächelt mir zu,
Mein Bruder füllt mein Glas.[4]

Ich ziehe einen Stuhl heran
Dein blaues Nachthemd fällt auf meine Tafel
Den Rest nehme ich mit ins Bett
Du immer wieder du bis zum Morgen...

4 Tarkowski

VI

Fassen wir zusammen. Unsere erste Begegnung liegt ziemlich lange zurück. Ehrlich gesagt denke ich manchmal, dass sie noch länger zurückliegt, als es tatsächlich der Fall ist. Die Sache ist etwas verworren, mit Sternen, Zahlen, Wahrsagern, Träumen und all dem Zeug. Damals, als wir uns einige Monate hindurch immer wieder begegneten, habe ich sie nicht wirklich beachtet oder mir einmal genauer angesehen. Ich hatte, die meisten mir bekannten irdischen Vergnügen, die Menschen zuteil werden können, im Übermaß genossen, war bis obenhin gesättigt und wurde mitten in dieser Betriebsamkeit von Tuberkulose ereilt, obwohl ich vielmehr erwartet hatte, kurz vor meinem Vierzigsten ein berühmter Künstler oder ein neuzeitlicher Prophet zu werden, oder zumindest ein erfolgreicher Geschäftsmann. Stattdessen stand ich mit leeren Taschen da. Diese Sache, die ich meine, widerfuhr mir unmittelbar nach unseren Kennenlernen, nachdem sie fort war. Was es war, diese Sache, will ich ungern aussprechen, denn ich fürchte, dass sie sich wiederholt. Wenn man etwas zu oft wiederholt, ruft man es herbei, sagt man ja. Deshalb nämlich will ich sie nicht so oft erwähnen. Damals war ich, wie jetzt auch, mit Nora verheiratet. Nora und ich, wir sind eh sehr lange zusammen, fast dreißig Jahre. Ich mag es, ihr immer andere Namen zu geben. Manchmal nenne ich sie Araksi, manchmal Anita, manchmal eben auch Nora. Damit bringe ich etwas Abwechslung in mein Leben, doch das ist jetzt nicht das Thema. Es geht um sie, die sich immer wieder bei mir im Laden blicken ließ. Sie kam vorbei, hatte immer irgend etwas dabei, plauderte über Bücher und Autoren. Sie sprach damals viel, ich bin eher wortkarg. Sie spricht immer noch viel, aber heute möchte ich sie nicht mehr am liebsten am Arm packen und hinauswerfen. Jetzt bete ich eher so was wie: "Lieber Gott, lass diese Stimme für den Rest meines Lebens an meinem Ohr sein." Falls meine Gebete noch erhört werden nach all dem Mist, den ich gebaut habe, natürlich. Wenn ich sie damals keines Blickes würdigte, dann auch, weil ich mich nicht wieder ins Unglück stürzen wollte. Jetzt beispielsweise, wenn sie mir bei einem Videoanruf ihr Gesicht zeigt, dann werde ich von dem Licht des Bildschirms schier geblendet. Wenn ich ihre Stimme höre, fangen Kanarien in meinem Herzen an zu flattern. Was für eine Wandlung... Während ich mir am Bildschirm ihre Fotos anschaue und aufgeregt darauf warte, dass sie schreibt, erklingt Chopin in meinen Ohren. Ich meine, nicht die Musik ist in meinem Ohr, es ist vielmehr, als sitze der Meister höchstselbst in meinem Ohr und spiele exklusiv für uns beide. Von meinen Augen stürzen regelrecht Wasserfälle auf meine Lippen, während auf meiner Nase weiß geflügelte Engel baden. So weit kann's also kommen...

Viele Jahre hatten wir überhaupt keinen Kontakt. Wenn ich sage, überhaupt nicht, dann meine ich wirklich kein einziges Mal. Wir haben uns weder gesehen, noch telefoniert noch gechattet. Ich hatte sie, als ich von meiner Erkrankung erfuhr, lediglich knapp informiert.

"Ich habe Tuberkulose."

"Sie müssen sich endlich erholen."

Genau das war ihre Antwort. Das schrieb ich bereits an anderer Stelle. Dieser knappe, einsilbige Dialog, kühl, aber auch warm, irgendwie distanziert, aber auch nicht, hat sich mir ins Gedächtnis eingebrannt. Noch immer hat er eine merkwürdige Wirkung auf mich.

Nach einer langen und schwierigen Behandlungszeit bin ich genesen. Eigentlich unerwarteterweise. Ich gab das Rauchen und das Trinken auf. Nachdem ich auch noch das Nachtleben, das Lesen und Schreiben und noch vieles mehr aufgab, legte ich wieder an Gewicht zu und kam allmählich zu Kräften. Nach einer langen Zeit des Müßiggangs fand ich Arbeit und richtete mich in einem ruhigen, einsamen und völlig leeren Leben ein, das genaue Gegenteil des vorherigen. Zunächst wandte ich mich von allen Bekannten und Freunden ab, der Familie, der Verwandtschaft. Dann sah ich zu, dass ich mich allmählich von allen Menschen fern hielt, so weit das möglich war. Von Büchern, Filmen, Autos, Geschäften. Von Accessoires, Dingen, Karten, Rechnungen. Ich gab meine Gehaltsabrechnungen bei Nora ab, trug jahrelang außer der Hose und Jacke am Leib nichts bei mir und tat nichts anderes als arbeiten, ohne mich um Dinge wie Geld, öffentliche Verkehrsmittel, Supermärkte und Kleidung zu kümmern. Stundenlang durch die Straßen streifen und schlafen waren meine einzigen Beschäftigungen. Ein sehr langer Weg und ein sehr tiefer Schlaf. Bei Schnee, Regen und Matsch, morgens wie abends fragte ich mich auf diesen Streifzügen tausende Male: Warum lebe ich noch? Tag für Tag habe ich mich das gefragt, voller Wissbegier und Hoffnungslosigkeit, bis zu jenem Tag nach genau dreizehn Jahren, als ich einen Account in den Sozialen Medien eröffnete und ihre Freundschaftsanfrage sah. Auf dem Foto erkannte ich sie zunächst nicht, sie hatte einen anderen Nachnamen, sah auch etwas anders aus. Erst einige Tage später war ich sicher, dass sie es war, weil ich inzwischen ihre anderen Fotos genauer betrachtet hatte und sie auf jede meiner Nachrichten mit einem Herzen reagierte. Seit einer Ewigkeit hatte ich mich von Herzensdingen ferngehalten, so sehr, dass ich sie fast vergessen hatte. Ich

war erstaunt, sehr erstaunt, freute mich aber auch
und schrieb ihr sofort zurück:

"Bist du es wirklich?"

"Ja," schrieb sie mit einem lachenden Emoji,
und in uns beiden schien mir dieses Wörtchen Fest-
tagsfreude ausgelöst zu haben.

Das alles hatte sich vor einem Jahr ereignet.
Wir begannen, uns im Abstand von einigen Tagen
kurze Nachrichten zu schreiben. Mit der Zeit wurden diese länger und in den Tiefen unserer Gedächt-
nisse erwachte etwas zum Leben. Wir schrieben und
schrieben. Sie erzählte davon, was sie inzwischen alles erlangt hatte, ich davon, was mir alles abhanden
gekommen war, stundenlang, ohne zu ermüden.
Mein Geist begann aus seinem Tiefschlaf zu erwachen, mit einem riesigen Wissensdurst. Von ihrem
Leben erzählte sie, von ihren Freunden, ihren Ehen
und Scheidungen, von ihrem Glück, ihrem Unglück
und dem, was sie so machte. Von der Stadt, in der
sie lebte, ihrer Familie, ihren Beschäftigungen erzählte sie ausführlich und eindringlich. Dann be-

gann sie ihre Fühler auszustrecken, doch behutsam und diskret, unter Wahrung ihrer noblen Haltung. Sie schickte mir Fotos, machte Videoanrufe, ließ mich ihr Gesicht, ihre Haare, ihre Lippen, ihre schönen Augen sehen. Als sie mir ihre Liebe gestand, dass sie mich schon immer geliebt habe, liebte ich sie bereits sehr, doch feige zunächst, es mir selbst einzugestehen...

VII

Unsere beiden halbvollen Weingläser hatte sie
an jenem Abend fotografiert und auf ihre Seite gestellt. Zwei halb ausgetrunkene Weingläser auf einem Holztisch in einem halbdunklen Zimmer. Ich
betrachte das Foto lange, habe die Musik im Ohr,
die sie damals dazu auf dem Handy ausgesucht hatte. Vor zwei Wochen, hier, in einem Hotelzimmer etwas außerhalb der Stadt, zu zweit. Vor zwei Wochen
erst, nicht vor Monaten oder Jahren. Wie ich sie am
Flughafen abholte, wie sie auf mich zu lief, als sie
mich sah und ihren Kopf an meine Brust schmiegte,
ihre Haare, ihr Duft, ihre Wärme... In diesem Monat, vor vierzehn Tagen erst. Die U-Bahn, dann der
Bus, Menschen, Lärm und Kälte. So fremd ist mir
das alles, aber so nah ist sie bei mir... Die für uns
unaufhaltsame Zeit hat für den Augenblick auf dem
Foto keine Geltung, das Foto kümmert sich keinen
Deut um ständig wechselnde Gefühle. Wer ist dann

mächtiger, die Zeit, der Mensch oder die Dinge? Wer vermag es, glückliche, schöne Momente zu bewahren?

"Und heute bist du es also, der keine Lust hat zu reden", sagt sie.

"Nein, meine Schweigsamkeit hat keinen Grund."

"Wir haben viele Samstagmorgen gemeinsam verbracht," sagt sie. "Sehr viele Gesprächsmomente voller Sehnen und Erwarten."

"Der schönste aber war dieser Samstagabend," entgegne ich. Unter dem lauen Regen, der über unsere Wangen hinunterrann, als wir einander am Telefon 'Ich liebe dich, ich liebe dich, ich liebe dich' zuflüsterten. Was ist das Wahre, die Zeit, der Mensch, die unverändert klingende Musik oder festgehaltene Momente?

Mir ist ständig kalt, mehr als anderen. Das hat mit der Lunge zu tun. Alle, die eine schwache Lunge haben, frieren. Auch jetzt, während ich die Ereignisse vor einigen Monaten schreibe, friere ich.

Für unser erstes Treffen hatten wir ausgemacht, dass sie am frühen Morgen zu mir an den Arbeitsplatz kommt, bevor meine Kollegen auftauchen. Sie hatte keinen anderen Treffpunkt vorgeschlagen, weil sie es mir ersparen wollte, mich aus meiner mühsam aufgebauten Komfortzone begeben zu müssen. Eine Stunde würden wir zusammen sein können, dann müsste sie wieder weg, aber es kam anders. "Und wenn ich abends wiederkäme?" schlug sie vor. "Wenn wir zusammen durch die Straßen laufen? Wohin und wie lange, bestimmst du. Wie wär's?"

"Warum möchtest du das?"

"Ich möchte dich einmal auf den Wegen begleiten, die du all die Jahre allein gegangen bist. Wenn du nichts dagegen hast." "Aber meine Wege führen nicht durch Prachtstraßen. Es sind bloß dunkle Gassen mit hässlichen, baufälligen Häusern, mürrischen Menschen. Gesprächig bin ich auch nicht. Du würdest dich langweilen."

"Macht nichts. Ich möchte nur mit dir, neben dir laufen. Und mich bei dir unterhaken, wenn du nichts dagegen hast. Es ist in Ordnung, wenn du nicht redest."

Geigenklänge höre ich in ihren Worten, ihren bescheidenen Wünschen und warmen Gefühlen. Eine helle, mitleidvolle Stimme, ungewiss, wem von uns ihr Mitleid gilt. Klänge, ganz gleich von wem erzeugt, die bei den Hörern durch Jahrhunderte dasselbe Gefühl auslösen werden, auch wenn sich Gefühl und Liebe bei Menschen ständig verändern.

Wenn Klavier oder Geige erklingen, müsste man entweder dafür sorgen, dass es mehr einzufrierende Augenblicke gibt oder aber niemanden zu sehr in sein Leben lassen. Mit oder ohne Musik, mit oder ohne Zeit, ich finde, das Leben sollte man leben, indem man eine Wahl trifft. Und wenn man nach so vielen einsam verbrachten Jahren auf jemanden trifft, der einen sachte berühren möchte, ohne einen zu erschrecken, der neben einem laufen möchte, auch wenn es schweigend ist, dann will die Wahl wohl überlegt sein. Wie sagte Balzac:

"Eigentlich ist der schönste Augenblick im Leben, wenn du, dich längst von allem losgesagt, weißt, dass da jemand ist, der dich an das Leben bindet."

"Gut," sagte ich. "Wenn du magst, auch mehr als das."

"Wie jetzt?"

"Machen wir es so, wie du es magst. Treffen wir uns da, wo du es möchtest."

"Danke. Ich hoffe, ich bin es wert..."

Warum solltest du es nicht wert sein? Ich sehe dich nicht, wie dich andere Menschen sehen. Ich sehe dich auch nicht wie Picassos Portraits. Auch nicht so, wie uns Vögel oder Katzen oder Fohlen sehen mögen. Ich sehe dich ja nicht mit meinen Augen, nicht als einen Leib. Auch nicht in einem bestimmten Alter, einer Farbe, einem Geschlecht. Ich sehe, höre, fühle dich anders. Ob du mich verstehen würdest, wenn ich dir dies schriebe? Wenn ich dir sagte, dass es mir scheint, dass, über uns beide hinaus, etwas existiert, das möchte, dass wir zusammenkommen, etwas das uns liebt und behütet, jenseits von Zeit und Ort, etwas, das uns beide lange kennt... Etwas oder jemand.

VIII

Mein erbärmliches Leben... Meine Krankheiten, Verluste, schweren Traumata und du. Du, die schöne Frau, die ich liebe. Dein großartiges Leben, das du dir mühevoll aufgebaut hast, deine Erfolge, deine Freunde. Der Sonnenuntergang, der Klang der Geige, die Flügel der Möwen. Und ich, erbarmungswürdig, bemitleidenswert...

"Liebster, heute Abend bin ich unterwegs. Ich schreibe dir, wenn ich wieder zu Hause bin. Und du? Was hast du vor?"

"Deine Fotos, Wein und Musik."

"Du bist süß."

Und wie süß ich bin... Wenn du mich sehen könntest in den Nächten, wie ich in der Diele auf und ab trotte bis zum Morgenruf des Muezzins...

Lange, finstere, frostige und stille Nächte. Nächte ohne dich...

"Trink was Heißes. Und rauch bloß nicht."

Zigarettenrauch, der Geruch von billigem Wein und Fäulnis. Ich, erbarmungswürdig, bemitleidenswert...

"Zieh dir bitte etwas Warmes an, es soll heute kalt werden bei dir."

Fenster, dunkle Zimmer und deine Augen, deine strahlenden Augen...

"Natürlich sorge ich mich um dich..."

Deine Sonnenbrille auf dem Bild, dein Strohhut.

"Das ist nicht rosa, das ist rot. Das macht das Licht."

Ich, blind für Farben, blind fürs Glück, blind fürs Licht···

Trockenes Husten, Rasseln, der Schmerz in meiner Brust und deine feuchten Haare, die über meinen Mund, meine Lippen, mein Gesicht streifen. Der Geruch nach Blut und Medizin und meine armen Lungen...

"Trink Kamillentee, Liebster, damit du gut schläfst..."

Lange, finstere, frostige und schlaflose Nächte. Nächte ohne dich.

"Es ist herrlich, bei dir zu sein. Auf viele viele gemeinsame Jahre, Liebster..."

Viele, viele Jahre... Jahre, die tausend-einhundert Kilometer entfernt vergehen... Dein schönes Leben, das du dir mühevoll aufgebaut hast, deine Erfolge, deine Freunde, deine Liebsten.

"Du bist ein wunderbarer Mensch. Nur das Timing. Es ist das Timing..."

Was ist Zeit, was ist Liebe, und diese Melodien?

"Mach dir keine Sorgen, Liebster. Was uns verbindet, ist so beständig, so endlos, dass wir immer wieder zueinander finden. Wenn die Zeit kommt, kehren wir ganz gewiss zurück."

Was ist Zeit, was ist Blut und was ist dieser Augenblick, eingefroren auf diesem Foto?

IX

Samstag Abend, auf meinem gewohnten Heimweg, sehe ich an drei unterschiedlichen Stellen drei tote Kätzchen, unter Bäumen, die Köpfchen in noch warmer Blutlache. Drei an einem Tag, das kam lange nicht mehr vor, denke ich, da ereignet sich etwas anderes. In fünfzig Meter Entfernung fährt ein Wagen gezielt auf ein am Bordstein entlang streunendes Katzenjunges zu, überfährt es mit dem linken Vorderrad und fährt weiter. Mit blutüberströmtem Köpfchen bäumt das arme Tier sich schreiend auf und zuckt heftig auf und nieder, immer wieder. Ein Mann, der das sieht, läuft zu ihm und beginnt, mit einem Stock auf das Tier einzuschlagen, wohl um es von seinem Leid zu erlösen. Zwei junge Frauen mit Pelzmützen sehen, ahnungslos vom Vorgeschehen, einen Mann mit einem Stock auf ein blutüberströmtes Kätzchen einschlagen, laufen wütend hin und versuchen ihn an seinem Tun zu hindern.

Momentaufnahmen.

Während ich an den Herumstreitenden vorbeigehe, denke ich wieder an sie. Dann ist da dieser im Foto festgehaltene Moment, ihr Antlitz, die Kätzchen unter den Bäumen, das Köpfchen der anderen Katze unter dem Autoreifen. Meine Nerven sind überreizt, ich verliere die Besinnung. Mir wird schwarz vor Augen und ich finde mich mitten in einer anderen Szene wieder. *Wir laufen durch eine Straße in der Nähe meiner Wohnung, sie und ich, eng aneinander geschmiegt unter einem Schirm, den wir nur mit Mühe festhalten können im Wind. Wir tragen Kleidung, die wir früher hatten, vor fünfzehn Jahren vielleicht. Ihre Haare sind kürzer als jetzt und heller, beide sind wir jünger als heute. Ich sehe, dass sie eine Zigarette zwischen den Fingern hält und staune. Dann höre ich ihre Stimme, wie sie lachend erzählt, dass vorgestern Abend bei ihr Funken aus einer Steckdose kamen und das ganze Haus hätte abbrennen können, wenn sie es nicht bemerkt hätte. Ich sage, dass die Häuser in ihrem Viertel alt seien und so etwas häufig vorkomme und dass sie vorsichtig sein solle. "Ja, Liebster," sagt sie. "Mach dir keine Sorgen."*

Als ich die Augen öffne, sehe ich mich auf dem Bürgersteig hocken. Ein Pulk von Menschen um mich. "Möchtest du etwas Wasser?" höre ich einen von ihnen fragen. Und ein anderer beugt sich zu mir und fragt: "Geht es dir gut?" "Ja," sage ich und stehe auf.

Zu Hause angekommen ist sie sehr erstaunt, als ich ihr den Vorfall erzähle. Und dass, als sie dreizehn war und allein zu Hause schlief, ein Funken aus der Steckdose ein Feuer ausgelöst habe und sie von Nachbarn, die den Rauch bemerkten, aus der Wohnung geholt und gerettet wurde.

"Es war die Hölle," sagt sie. "Vor den Flammen und dem Rauch sah man die Hand vor Augen nicht. Monatelang habe ich mich nicht von dem Schrecken erholt." Ich beschwöre sie, vorsichtiger mit dem Strom zu sein. "Ja, Liebster," entgegnet sie. "Mach dir keine Sorgen."

Szenen, die eine früher und die andere später. Versatzstücke. Aus unserer Warte natürlich. Vielleicht auch die spätere und die frühere.

"Sei vorsichtig."

"Schon gut, Liebster. Sorge dich nicht mehr."

Worte sind wichtig. Sie erschaffen eine Verbindung in der Zeit oder auch nicht. Das ist unbestreitbar.

Himmel und Hölle sind in den Köpfen.

X

Sie hat mir geschrieben. Nicht im Netz, einen richtigen Brief, auf Papier, in einem Umschlag, mit der Hand. Sie weiß, dass ich es nicht mag, etwas aufzuheben, Notizen zu machen, dass ich immer alles sofort lösche. Vielleicht weil sie weiß, dass ich diesen Brief kaum vernichten kann. Oder aus einem anderen Grund. Sie hat etwas aus den 1920ern an sich, finde ich. Keine Ahnung, wie ich auf diese Jahreszahl komme. Handgeschriebene Briefe, Terminkalender, dicke Romane, Langspielplatten und so. Gedanken und Gefühle, denen sie mit ihrer Stimme oder auf der Tastatur keinen Ausdruck verleihen kann, hat sie also, als sie für sich war, auf Papier niedergeschrieben. In meiner Abwesenheit. So gut sie es vermochte, aber doch unvollständig, fand ich. Ich sagte es ihr.

"Dann sollte ich dir häufiger schreiben."

"Es würde mich freuen. Schreibe, wenn dir danach ist."

Wir haben ein eigenes Repertoire an Sprüchen und Zitaten. Wie diesen Satz, den ich ihr hunderte Male schon gesagt habe, auch bei unserem letzten Treffen, während sie in meinen Armen lag und ich ihr durchs Haar strich:

"Neben mir nur du und das Universum..."[5]

Und sie hatte ihren Brief mit einem Zitat aus einem der Bücher beendet, die sie las:

"Du bist mein einziger fester Punkt im Universum..."

Ich meine, was ich hier schreibe, ist das, was uns hier auf diesem Stückchen Erde, zu dem wir uns zugehörig fühlen, unter diesen Sternen widerfuhr, bevor wir in jenes Leben eintraten, das wir uns erträumt hatten. Szenen, die nicht in das andere Buch gehören, die sich davor noch ereigneten. Es hätte

5 Can Yücel

sehr wohl auch bleiben können, wie es damals war, aber es kann auch so sein, wie es jetzt ist. Darüber entscheiden nicht wir, die Reisenden, sondern die Reise selbst. Zweifellos.

Als sie nach unserem ersten Treffen wieder zu Hause war, hatte sie mich gefragt, wie es mit uns weitergeht, ob wir zusammen bleiben.

"Warum fragst du das?"

"Ich fürchtete, nach der letzten Nacht würdest du mich verlassen und in dein altes Leben zurückkehren."

"Und wie ging es dir dabei?"

"Ich hatte Angst, es ohne dich nicht mit meinen Gefühlen aufnehmen zu können..."

XI

Der letzte Abend des Jahres. Ich bin allein zu Hause, wie jedes Silvester. Weder gegen ein endendes noch ein beginnendes Jahr hege ich persönliche Feindschaft, auch keine Sympathie. Ich weiß im Grunde gar nicht, was diese Feierei soll. Irgendwer schleudert Feuerwerk in die Luft, Kinder mit starkem Akzent ballern freudig mit Böllern herum, und all so was den ganzen Abend. Sie werden wissen, wozu es gut sein soll, außer Vögel und einsame Männer wie mich zu erschrecken. Ich streife durch die beiden Zimmer, bleibe dann vor dem Bücherregal stehen und ziehe einen Roman heraus, auf dem '*Hauptwerk*' steht und betrachte den verzierten Einband. '*Hauptwerk*'. Ich setze mich in den Sessel und lese ein paar Seiten mit dem Wunsch nach Genuss, dann blättere ich an den Anfang zurück und lese genauer und komme zu dem Schluss, das Gelesene nicht verstanden zu haben. Mein Urteil ist unumstößlich.

Ich erinnere mich, dass sie sagte: "In meinen Beziehungen bin ich einsam". "Geht es dir mit mir auch so?" frage ich. "Anfangs ja," sagt sie, "jetzt nicht mehr." Ich sage, dass mich das freut. In der Außenwelt in einer Traube von Menschen sein, in Liebesbeziehungen jedoch allein. Ich zwinge mein Hirn, das zu begreifen. Voreilige oder falsche Wahl, in einem Maß, den man von ihr nicht erwartet. Wirklich verstehen kann ich es nicht. Es kommt mir nicht sehr logisch vor. Mein aus einem langen, tiefen Schlaf erwachter Geist arbeitet wie eine Fabrik, hängt Wortfetzen nach, produziert Gedanken, ohne ein einziges Detail zu überspringen, verarbeitet, konsumiert, begehrt. Ein Zitat von Henry Miller: *'Um die Gewissheit zu haben, einen Menschen vollkommen zu besitzen, müsste man ihn hinunterschlucken.'* So oder so ähnlich, auch wenn das nicht der Wortlaut ist. Meine Brille rutscht auf der Nase hin und her, weil die Schrauben locker sind. Das Leder meiner Halbstiefel, die ich seit einigen Jahren trage, ist an einigen Stellen aufgerissen, so dass

Wasser eindringt. Meine Lungen schlagen ständig Alarm und beim Gehen ziehe ich mein rechtes Bein nach, ein verstopftes Blutgefäß wohl. Ich bin nicht in der Lage, irgend jemanden hinunterzuschlucken, außer mich selbst. Sie ganz und gar zu besitzen, das hätte ich in meinen guten Tagen vielleicht vermocht, aber jetzt ist es unmöglich. Manchmal frage ich mich, ob das für mich ein Anfang ist oder das Ende. Eine Mitte gibt es nicht.

"Ich gehöre dir," sagt sie. "Und werde immer dir gehören..."

Jemandem gehören, was bedeutet das? Vierundzwanzig

Stunden mit ihm zu verbringen? Ich bin kein Experte für diese Themen, ich kann nicht behaupten, bindungsfähig zu sein. Es gibt niemanden in meinem Leben, nach dem ich mich sehne, den ich vermisse. Hat es niemals gegeben. Jedenfalls bis heute.

Ein Geburtstagsscherz zum Fünfzigsten?

"Wenn die Umstände günstig wären," frage ich, "würdest du dann mit mir leben wollen?"

"Natürlich würde ich es wollen," erwidert sie. "Und wie."

Es wäre wirklich nicht übel, wenn es, wie wir glauben, etwas gäbe, dem, über uns hinaus, daran gelegen ist, dass wir zueinander finden, etwas, das uns seit langem kennt und beschützt. Oder jemand. Das wäre wirklich gut. Denn ich kann wahrlich nicht sagen, dass ich Scherze mag. Genauso wenig, dass ich, wer immer sie sein mögen, ihnen einen Tritt in den Hintern verpassen würde...

XII

Gerade las ich ihre wunderbare kurze Notiz zu meinem Geburtstag ein letztes Mal, um sie dann zu zerreißen und wegzuwerfen. Anschließend habe ich ihren beeindruckenden Brief, den sie danach schrieb, ebenfalls ein letztes Mal gelesen und in kleine Fetzen zerrissen und dazu geworfen. Viel zu lange hatte ich beides aufgehoben; die eine 22 Tage, den anderen zehn. In meinem alten Telefonbüchlein in der Schublade. Von dir habe ich nur noch diesen Notizblock mit meinen Initialen, den du mir mal schicktest. Da die kleinen Zettel darin unbeschrieben sind, spricht nichts dagegen, ihn zu behalten. Es stört mich nicht. Auf einen davon hatte ich neulich die Fünferwette notiert, das waren die Gewinnzahlen. Aber das ist ein anderes Thema. Und da ist natürlich noch die Seite mit deinen Telefonnummern, die eine von vor dreizehn Jahren, die andere die aktuelle. Nummern und leere Zettel können bleiben, aber Geschriebenes und Fotos beunruhigen mich, solange sie aufgehoben werden. Denn sie bewahren Gefühle, die zu dem Augenblick ihres Entstehens gehören und nicht von Dauer sind.

Wer aber nach Unendlichkeit strebt, hortet keine Augenblicke. "Es ist schön, in der Zeit der seelischen Einkehr bei dir zu sein. Auf viele, viele gemeinsame Jahre, Liebster..."

Auch früher erhielt ich häufig derlei Nachrichten oder Briefe. Mehr oder weniger gefühlvolle, mal deutliche, mal zaghafte Liebesbekundungen, Gefühle für den Augenblick, schwindelerregende Zeilen. Einige der Schreiberinnen sind längst verstorben, manche ist ihren Weg mit einem Anderen gegangen, andere suchen voller Hoffnung weiter. Beweise mir einer, dass Gefühle auf Fotos und in Briefen unverändert bleiben, dann höre ich womöglich auf, sie zu vernichten.

Ein einziger Raum. Ofen, Bett, dunkelrote, gemusterte Tapeten, einige gewöhnliche Sessel in unterschiedlichen Farben, ein verzierter Beistell-

tisch, eine Kuckucksuhr und ein alter Ankleidespiegel sowie ein brauchbarer Plattenspieler wären mir
von Nutzen. Ich würde nicht viel mehr brauchen als
ein Gläschen bei Tagesanbruch, morgendlichen
Schlaf, etwas Lektüre und reichlich Gedanken und
ein Gläschen am Abend. Du wärest beispielsweise
nicht da, auch keine andere, nichts anderes wäre da.

"Ich kann es nicht riskieren, dich zu verlieren."

Deine Worte lassen mich innehalten, halten
mich davon ab zu gehen. Denn das ist kein 'Ich liebe
dich', kein 'Du fehlst mir' Auch kein 'Ich will dich'.
Das sind banale Dinge und mir fällt naturgemäß
Banales schwer. Doch wenn mir etwas Bedeutendes
unterkommt, lasse ich nicht so leicht locker.

"Warum kannst du es nicht riskieren, mich zu
verlassen?"

"Weil ich auf eine andere Art mit dir verbunden bin, auf eine andere Art dir gehöre."

Ich bin erschöpft von ihrem menschenvollen Leben, ihrem Job, ihren Reisen, ihrer unerschöpflichen Energie und all den Beschäftigungen, denen sie nachgeht. Andererseits habe ich natürlich nicht das Recht, mich über all das zu beschweren.

"Na, vielen Dank auch! Fair ist das nicht. Die anderen können dich doch nicht ersetzen."

Ich bin der einsamste Mann auf Erden und du bist die menschenvollste Frau, die mir jemals begegnet ist. Und ändern können wir einander mitnichten.

"Diese Geschichte wird so lange dauern, bis wir zu den Sternen schreiten, scheint mir. Oder auch nicht."

"Mir auch…"

XIII

Ein Morgen im Januar. Im Schnee lasse ich mich frierend von einem Menschenstrom aus Geflüchteten zur Arbeit treiben. Hunderte Syrer, Afghanen, Iraker, Afrikaner, Turkmenen, Kasachen, Usbeken und andere, vor Krieg, Terror und Unterdrückung geflüchtete und vorläufig hier gestrandete Menschen, unrasiert, zerschlissene Kleidung, abgetragene Schuhe. So viele jämmerliche Gestalten. Von einer neuen Bodenoffensive ist die Rede. Das hieße leider, noch mehr Geflüchtete, noch mehr Arbeitslosigkeit, noch weniger Einkommen für viele viele Jahre. An leerstehenden, mit Holz verrammelten Ladenlokalen vorbei laufen die Menschen im Schnee, viel zu dünn angezogen, die frierenden Hände in die Taschen gesteckt, Menschen jeden Alters, jeder Nation strömen, in kleinen Gruppen plaudernd, um in Schusterwerkstätten und Textilfabriken den ganzen Tag für einen Hungerlohn zu schuften. Seit Neuestem habe ich keinen Appetit mehr, das Atmen fällt mir schwer, mein Lebenswille schwindet. Im letzten Monat habe ich neun Kilo verloren. Wir schreiben uns nicht mehr so oft wie früher, sie hat viel zu tun, und täglich wird es mehr. Nicht mal ein Wunder könnte uns zusammenbringen, es müssten gleich mehrere her. Ich konnte mich jedes Mal wieder aufrichten nach dem Fall, aber zu mehr reichte meine Kraft nicht. Ich musste an Victor denken. Der Sowjetrusse armenischer Herkunft, der das Hotel, in dem ich vor fünfundzwanzig Jahren arbeitete, mit russischen Reisegruppen versorgte. Jedes Mal hatte er ein kleines Ölgemälde als Mitbringsel dabei. Als Musiker hatte er zur Zeit des Eisernen Vorhangs fast die ganze Welt bereist. Mit seiner Frau. Auch sie mochte ich, eine kultivierte, elegante Frau. Nach der Öffnung hatte ihre Reisevergangenheit sie in den Tourismus geführt. War irgendwo jemand aus seiner Reisegruppe versackt, rief ich Victor zu Hilfe. Er beugte sich zu dem Betrunkenen hinunter, legte ihm die Hand auf die Schulter und flüsterte ihm zu: "Du bist ein Mann. Männer stehen von selbst auf, wenn sie gefallen sind." Jahre später erfuhr ich, dass er eines Morgens in Moskau,

auf dem Weg zum Bäcker, von einem Fünfzehnjähri-
gen erstochen wurde. In seiner Tasche hatte er nur
das Geld fürs Brot. Die Geflüchteten, Victor, das
Leben, Brot, ein Januarmorgen im Schnee. Tief bin
ich dieses Mal gefallen und vermag nicht aus eige-
ner Kraft auf die Beine zu kommen.

"Hallo. Ich habe gerade die Trilogie, die Sie
empfahlen, gekauft. Ich habe sie bei mir."

"Wo bist du?"

"Auf dem Nachhauseweg."

"Schreibst du vom Handy aus?"

"Ja."

"Ist das nicht umständlich?"

"Nein, überhaupt nicht."

Wie lange ist das her, dass wir uns das schrieben, sechs oder sieben Monate vielleicht... Victor,
das Leben, Brot, Schnee und Liebe. Wunder brauchen alle, aber hierzulande sind die, warum auch
immer, ziemlich rar. Blut, Entbehrung, Elend,

Flucht und Tod sind allüberall. Liebe können sich so kleine Leute wie ich kaum leisten.

Freunde, Arbeit, Restaurantbesuche, Geschäftstermine. Tausendeinhundert Kilometer Distanz und erwartete Wunder.

Als ich nachts halbstündlich zum Rauchen aufstehe, sehe ich Mäuse in der Küche herumlaufen, Käfer, Spinnen, Skorpione in allen Zimmerecken. Wie in den Jahren zuvor. "Männer stehen von selbst auf, wenn sie gefallen sind." Von wegen. Es kommt der Tag, an dem sie es nicht mehr können. Siehe Victor. Denn die meisten Ratschläge taugen nichts. Ich tauge ja auch nichts.

XIV

Ich brauche kaum noch Schlaf, eine Stunde oder eineinhalb pro Nacht reichen mir mittlerweile. Auch verliere ich weiterhin an Gewicht. Appetit habe ich gar keinen mehr.

Eine Szene drängt sich meinen Augen immer wieder auf und erfasst mich mit Haut und Haaren, meist, wenn ich zu viel getrunken habe: "Ich bin in einem Zimmer, einem Schlafzimmer. Zwei Männer stehen neben mir. Ich bin noch sehr jung. Eine Frau mit einem bestickten Kopftuch geht hastig ein und aus, mit einem Taschentuch, einem Glas Wasser oder Medikamenten in der Hand. Ich stehe mit vor dem Bauch verschränkten Armen und betrachte das im Bett liegende kleine Mädchen, frage mich, ob sie schläft oder krank ist. "Sie wäre fast erstickt in dem Rauch," sagt leise einer der Männer zu dem anderen. Ich betrachte das Mädchen genauer, ihre Wimpern, ihre lockigen Haare, ihre Lippen. Plötzlich wird mir bewusst, wie sehr ich sie vermisst habe. Unser Altersunterschied ist hier kleiner als er in Wahrheit sein müsste. Sie scheint nur wenige Jahre jünger als ich, doch Gesicht, Haare und ihre Art zu liegen sind wie heute, auch ihr tiefer Schlaf. Was ich sehe, gibt mir keinen Aufschluss darüber, in welchem Jahr, in welcher Stadt wir sind. An dieses Haus, diese Menschen, die Möbel erinnere mich überhaupt nicht. Ich kann meinen Blick nicht von ihr abwenden. Einmal regt sie sich kurz, etwas murmelnd und genau da nehme ich ihren Duft wahr... Der Babyduft ihres Nackens steigt meine Lippen hoch, so dass mir schwindelt. Da verstehe ich auch, was sie murmelt, es ist mein Name...

Ich reiße mich sofort zusammen und stehe auf, um zu ihr zu gehen. Mir schwindelt, ich kann mich nur mit Mühe auf den Beinen halten. Ich trinke das Glas in meiner Hand leer, zünde mir eine weitere Zigarette an und gehe ganz dicht an den Bildschirm heran und kann mit meinem trüben Augen nur die letzte Zeile der angekommenen Nachrichten lesen. "In diesem Leben haben wir es nicht geschafft. Also in einem anderen..."

Alles Nötige ist längst gesagt. Alles weitere wäre müßig. Worte und Symbole sind voller Assoziationen, man darf nicht nachlässig damit sein.

Ich fahre den Rechner herunter, öffne eine neue Flasche und bleibe an etwas hängen, was sie heute sagte.

"Ich trage gerade das grüne T-Shirt, das du nach dem Baden angezogen hattest."

Mit einem Mal finde ich mich in dem Zimmer von vorhin wieder. Während die Frau ans Bett tritt, um sie zuzudecken, schläft sie weiter. In ihrem grünen T-Shirt und der Schlafanzughose. *"Morgen geht es ihr besser,"* sagt die Frau. *"Jetzt raus mit euch, damit sie sich erholen kann."*

XV

Das letzte unserer Fotos, das eine Geschichte hat. Ich meine ihr letztes Foto, von mir gibt es kaum Fotos. Ich mag die Gefangenschaft in der Zeit nicht. Das letzte Foto, das sie am Ende der Woche, in der wir einander nach Kräften zugesetzt hatten, von sich aufgenommen und mir geschickt hatte. Eine Aufnahme im Waffenstillstand. Etwas erschöpft, aber noch nicht kampfesmüde sieht sie darauf aus. Sie mag das Foto nicht, ich aber kann nicht die Augen davon abwenden. Wie sie da sitzt, was sie anhat, ihr wehmütiger Blick, bei dem ich in ihren Augäpfeln mich selbst sehen kann und dieses Lächeln.

Vornehm, anmutig, lebensklug, schön und entschlossen. Eine Frau aus einer anderen Epoche, die Königin eines anderen Reiches.

"Merih, sag, wie um alles in der Welt soll das mit uns weitergehen, wenn wir uns nicht sehen?"

"Ich weiß es nicht. Ich bin wie du auch bloß Teilnehmer dieser Reise, nicht Veranstalter. Glaubt man dem Verlauf und den Zeichen, handelt es sich um eine Reise, die sehr lange dauern und schwerlich enden wird."

"Das liegt an der Entfernung zwischen uns. Diese unnötigen Diskussionen. Aus Sehnsucht und Trennungsschmerz. Wir sind dankbar, wenn wir uns einmal im Monat sehen können. Wer weiß, wann es das nächste Mal sein wird..."

"Unter all den Menschen ist mein Herz nur dir zugetan, begehrt mein Leib nur den deinen."

"Ich muss dich sehen. Dir in die Augen schauen. Meine Hände müssen über deine Wangen, Lippen, deinen Hals streifen."

"Ich muss dich sehen. Dir in die Augen schauen. Meine Hände müssen über deine Wangen, Lippen, deinen Hals streifen."

Wintersonne. Die Petersilie, die ich zur Orakelbefragung in einem Blumentopf aussäte, verrät mir, dass ich mir um den Kumpel keine Sorgen machen muss. Der Thymian im Topf daneben deutet darauf hin, dass dieser Bekannte auf dem Weg der Genesung ist. Im dritten sehe ich den Tod, den baldigen...

"Von nun an werde ich mehr Verständnis zeigen für dein großartiges Leben, das du dir aufgebaut hast und deine Arbeit, die dir sehr wichtig ist."

"Und ich werde mehr Rücksicht nehmen auf die von dir gewählte Zurückgezogenheit und den Platz, den ich in deinem Geist einnehme."

Die Planeten oder die Zeit können meinen Gefühlen nichts anhaben. Mein wiedererwachter Geist kämpft an sehr vielen Fronten, allerdings sind da Entfernungen, die angeschlagene Gesundheit und noch vieles mehr. Ich träume von ihr, in den wenigen Stunden, die ich schlafen kann. Im Traum sehe ich, was wir erlebten und gewisse Hinweise auf das Davor.

"Wirst du dir auch heute Nacht vorstellen, du lägest in meinen Armen?"

"Immer."

Wintersonne, Pflanzen in Töpfen, Vorzeichen und wir. Dein immer gleiches Gesicht im Bett, dreizehnjährig, achtzehnjährig und dein hundertjähriges Foto. Ein Stück, ein Befund und eine Erinnerung aus jedem deiner Leben. Dein tiefer Schlaf, dein warmer Atem, deine Stimme:

"Weil ich auf eine andere Art mit dir verbunden bin, auf eine andere Art dir gehöre."

XVI

"Wir sind zu unterschiedlich. Was für mich banal ist, kann für dich einen tödlichen Ernst haben. Solange wir dies in einem gesunden Gleichgewicht halten können, haben wir eine durchaus befriedigende Beziehung."

"Ich gebe mir Mühe. Es ist ungewohnt für mich."

"Mir geht's genauso. Ich tue, was ich kann. Ja, mehr noch. Aber um uns häufiger sehen zu können, müssen wir eine Lösung finden. Wenn ich nicht kommen kann, musst du dich mit dem Gedanken vertraut machen, dich auf den Weg zu mir zu machen."

"Was hältst du von Februar?"

"Wirklich? Es ist eine lange Fahrt. Traust du es dir zu?" Ich traue es mir zu. Du fehlst mir unendlich... Wenn du dich von deinem Alltag, von deinen Verpflichtungen loslösen und nur mit mir zusammen sein kannst, gehst du tief in unserer Liebe auf. Wenn du bei mir bist, ist der Blick deiner Augen ein anderer. Sie sagen mir so vieles, was ich Tag für Tag aus deinem Mund hören möchte.

"Ich könnte mit dem Nachtbus fahren und wäre am frühen Morgen da."

"Ich hole dich vom Busbahnhof ab."

"Das ist doch viel zu früh. Warte besser im Hotel." "Ich komme dich auf jeden Fall abholen. Der Busbahnhof ist in der Nähe. Wir können gemeinsam zum Hotel laufen..." "In aller Frühe, in einer fernen Stadt, nebeneinander her laufen..."

"Ja, das hatte ich mir immer erträumt."

"Warum sind Dinge, die vor Jahren, als sie noch möglich waren, unbedeutend schienen, jetzt auf einmal so bedeutend?" "Man bemerkt sie erst, wenn sie fehlen."

Jahre ohne dich, deine Nähe, deren Platz niemand füllen kann. Die sowohl ferne als auch frische Wärme deiner Achtzehnjährig in meinem Gedächtnis. Deine Sätze, dein Lachen, deine Blicke, eingebrannt in mein Gedächtnis. Deine Grübchen, deine Röcke, deine unerschöpfliche Energie und deine Träume. Unsere fehlenden Teile, die wir bei Anderen nicht fanden.

"Neben mir nur du und das Universum..."

"Du bist mein einziger fester Punkt im Universum..."

XVII

Jemand hat die Haustür demoliert. Man braucht keinen Schlüssel mehr. Sie steht ständig offen. Kippen auf den Treppenstufen, zerknüllte Quittungen, buntes Kaugummipapier. Na klar, Müzeyyen Hanım und die anderen alten Damen, Aznif, Azat und Müjgân, sind nicht mehr. Längst weiß ich nicht mehr, wer in welcher Wohnung wohnt. Rennen, Wetten, Tratsch oder sonst etwas, an nichts habe ich Interesse oder Freude. Ich bin müde von meinen Streifzügen, vom Kommen und Gehen, der Rasur... Durch die Gegend streifen, kommen, gehen, sich rasieren, sich ankleiden, auskleiden. Nichts interessiert mich. All das bin ich leid.

"Du wirkst niedergeschlagen."

"Bin ich auch."

"Und weshalb?"

"Nichts macht mir mehr Freude. Ich kann nur noch an dich denken. Wenn ich früher einiges in meiner Nähe geduldet hätte..."

"Das ist neu, dass du dich über deine Lebensweise beschwerst."

"In den Jahren, die mir bleiben, möchte ich noch mehr Zeit mit dir verbringen. Bevor die Krankheiten kommen, das Alter und der Tod..."

"Das wäre wirklich schön..."

"Du würdest es also auch wollen."

"Selbstverständlich."

Da ist dieser Ort, wo ich gelegentlich vorbeischaue. Ein kleiner Platz, umrahmt von einer Baumgruppe, gegenüber der vielbefahrenen Uferstraße gelegen, an der historischen Stadtmauer, etwas außerhalb des geschützten Waldweges, der zu den Fischrestaurants führt. Ein melancholischer Genuss- oder Sehnsuchtsort, der seit Jahren ein Stammpublikum hat, ein Geheimtipp, der von Generation zu Generation weitergegeben wird. Treffpunkt der Arbeitslosen und Penner der Stadt, zu denen sich auch jene gesellen, die sich nach Feierabend einen genehmigen wollen, bevor sie nach Hause gehen. Mit der Flasche in der Hand, an die Mauer gelehnt oder unter einem Baum hockend die vorbeirauschenden Autos oder die im Hafen liegenden Schiffe auf der anderen Seite beobachten und den Tag ausklingen lassen... Heute Abend war ich dort. Ich verspürte keine Lust, früh nach Hause zu gehen. Ich beobachtete die Pärchen, die ihre Autos parkten und den Trampelpfad entlang zu den Fischrestaurants liefen. Ich beobachtete die vorbeirauschenden Autos und die im Hafen liegenden Schiffe. Die alten Bäume, die meinem Vater und Großvater zugesehen haben mochten und die mageren Kätzchen, die zwischen ihnen herumstreiften. Ich lauschte dem Lied aus dem Transistorradio des Mannes, der ein paar Schritte entfernt auf der Wiese saß und Wein trank.

Die ersten Lenztage sind da, Rosen und Gärten erblüht

Zeit fürs Freudenfest, glückselig das Tulpen-feld[6]

Ich hätte nicht gedacht, dass ich in meinem Alter eine Wandlung erleben würde, die mir nach all den regungslos verbrachten Jahren wieder Antrieb sein und mich in das Reich der Gedanken und Träume mitreißen würde. Dass ich Gedanken verschwenden würde wie: 'Ob sie zugedeckt ist, ob sie ihre Haare getrocknet hat, ob sie ausschlafen konnte?' Dass ich ganz wehmütig würde und sie vermissen, wenn ich mich an ihrer Stimme nicht satt hören konnte, wenn sie sich einen Tag nicht meldet, dass ich verzweifelt denken würde: 'Wer weiß, wann wir uns noch einmal sehen?'

"Ich bin die deine, für immer die deine."

Auch wenn ich seitenlang schriebe, bin ich weit davon entfernt, etwas auf den Punkt zu bringen, wie sie es manchmal mit einer einzigen Zeile auszudrücken vermag. Auf eine besondere, auf ihre eigene Art. "Ich bin ein Glückspilz," sage ich.

6 Nedim

"Weil du mich liebst."

"Ich bin ein Glückspilz, weil ich dein Seelenfrieden und deine Befriedigung bin," füge ich hinzu.

"Nur Seelenfrieden und Befriedigung?" brüllt sie. "Du bist mein Gebieter."

Als wir gestern Abend chatteten, war sie zu Hause. Heute früh nun wird sie am Flughafen sein und dann in einer anderen Stadt, ziemlich weit weg von mir. Sie ist ständig unterwegs, so wie es sich für ihr Engagement und ihre Fähigkeiten gehört. Ich hingegen bin immer im selben Alltagstrott. An einer nach Urin stinkenden Stadtmauer lasse ich mich volllaufen. Wir beide sind einander so fern wie mir das Leben an den Tischen der Luxusrestaurants da hinten mit Life-Musik. So fern wie der Frühling im Radio des Alten und so nah wie die Restaurants hinter der Stadtmauer.

In den gemeinsam verbrachten Nächten, mit Abstand zu ihrem Alltag, wenn die Telefone und Nachrichten verstummen, bekommt sie einen ande-

ren Blick. Ihre Hände erzählen mir Schönes in Sprachen, die ich nicht beherrsche. Ihr Kopf will an meiner Brust bleiben und ihre Arme an meinem Leib.

"Wir haben wieder kaum geschlafen."

"Richtiger wäre es zu sagen, dass unsere Lippen nicht voneinander lassen konnten."

XVIII

Der König ist tot. Der alte Jüngling des Viertels, der beste Kunde des Wettbüros und der Spirituosenläden, Ernährer sämtlicher Katzen und Hunde fiel einfach tot um. Das war es also, was mir das Orakel des dritten Topfes sagen wollte. Anlässlich seiner Beisetzung waren viele zugegen, so viele wie werktags im Hippodrom. Ich war auch da, wie alle Rennpferde, Straßenkatzen und Spieler, alle waren wir zur Stelle. Dann trugen wir ihn zu Grabe, schütteten Erde auf ihn, mit Schaufeln und bloßen Händen. Wohl, weil wir ihn sehr gern hatten. Den Topf habe ich ihm mit ins Grab gelegt, mitsamt seinem letzten Sechser-Coupon. Auf dem Rückweg haben wir ein paar freundliche Worte über ihn gewechselt, manche erzählten ihre Erinnerungen, seine Schwestern weinten und so. Dann kehrten wir heim in unsere beschissenen Behausungen.

"Bist du traurig?"

"Und wenn?"

"Geraucht hast du aber nicht, oder?"

"Doch, ein paar."

"Oh... Wie konntest du uns das antun?"

Unter der Erde, über der Erde. Auf die Erde zu kommen, wäre nicht meine erste Wahl gewesen, so viel ist klar, aber wenn es soweit ist, bin ich für eine Körperspende. Soviel ich weiß, braucht man dazu lediglich zwei Zeugen und eine Unterschrift. Eine Zeugin wäre Nora, auch wenn sie es nicht befürworten würde, aber den zweiten finde ich einfach nicht. Besser als die Bataillone von hungrigen Käfern zu sehen, die durch meine Körperöffnungen kriechen, derweil meine Seele ihrem neuen Abenteuer entgegenfliegt.

"Warum nennt man dich eigentlich König?"

"Ach, lass mal. Als ob Könige nicht sterben!"

Tage vergehen, Pferde rennen und alle sterben. Der Reihe nach, oder auch nicht.

"Heute ist ein Pferd dabei, '*Fliegender König*'. Setzen wir auf ihn?"

Wetten werden abgeschlossen, Coupons ausgefüllt, Maschinen funktionieren.

"Hör doch auf, Mann. Was willst du überhaupt?"

Wechsel, Versicherungspolicen, Telefonate und Kunden.

Fliegender König gewinnt, aber für den Sechser gibt es an diesem Tag nichts.

Nichts ist, wie es war. Das sehe ich... Warum tut dann ein jedes so, als hätte es sich keineswegs verändert?

XIX

"So kann es nicht weitergehen," sagte ich. "So kann ich nicht weitermachen, wie ein Volltrottel."

"Dann sag mir, was ich tun soll?" fragte sie. "Soll ich werden wie du?"

"Was meinst du damit? Wie ich?"

"Wie du eben. Mutterseelenallein, in einem trostlosen Leben. Ohne einen einzigen Freund, ohne Beschäftigung, ohne Kontakte. Soll ich an deinem Rockzipfel hängen?"

"Ich habe nichts derartiges gesagt. So einfach, wie du denkst, ist es auch wieder nicht, so zu sein."

"Ist eh nichts für mich."

"Das weiß ich."

"Was möchtest du dann?"

"Etwas mehr Zuwendung, etwas mehr Zeit. Wie es früher war."

"Du weißt, dass das nicht mehr geht. Ich bin beruflich stark eingespannt."

"Das hab ich gemerkt. Auch, dass es immer mehr wird. Solange du diese Energie und diese Fähigkeiten hast."

"Übertreib nicht. Das ist nur eine Phase. Das geht vorbei."

"Ich kann meine Zeit nicht damit vergeuden, dir hinterherzurennen, darauf zu warten, dass du dich meldest, dass du schreibt. Ich bin sehr einsam."

"Du wolltest es so. Du glaubtest, so glücklich zu sein." "So war es, bevor mein Geist erwachte. Jetzt ist es ziemlich schwer, damit fertig zu werden."

"Mehr ist nicht drin. Tut mir leid..."

"Ich soll mich also damit begnügen?"

"Ja, im Augenblick kann ich nichts daran ändern."

"Dann scher dich zum Teufel."

Sie loggte sich aus. Schloss ihr Fenster, ließ mich einfach stehen und war weg. Ich machte zunächst Anstalten, irgend etwas zu schreiben, zur Besänftigung, zur Rettung der Situation, aber es hätte nichts genützt. Ich ließ es bleiben. Sie wird jetzt denken, dass sie Zeit braucht, so funktioniert ihr Kopf, das weiß ich. Tage, Wochen, in denen sie zwischen Job und Freundeskreis hin und her flitzen wird.

Ich habe genug von meiner Einsamkeit, von meinem lahmenden Bein. Genug von meinem schweren Atem, sobald es auch nur nieselt. Genug von der Feuchtigkeit in der Wohnung. Genug von meinen kilometerlangen Streifzügen Tag um Tag, von den Vorgesetzten, den Kunden, den Aufträgen. Genug davon, auf sie zu warten, genug vom Traum, mit ihr zu leben, der nie in Erfüllung gehen wird. Ich habe genug von mir, meinem Dasein. Zum ersten Mal ist es so.

"Die Fahrkarte habe ich schon besorgt, aber bis dahin streiten wir uns natürlich noch mal. Soll ich trotzdem kommen?"

"Ha. Einmal? Mindestens zehnmal. Klar kommst du. Wir versöhnen uns..."

Dieser Dialog hat nun keinerlei Gültigkeit mehr. So freundlich wir zueinander sind, wenn es zwischen uns gut läuft, so böse, so unbarmherzig sind wir, wenn es schlecht läuft. "Eine Beziehung lebt, Liebster, atmet. Sie verändert sich im Umfang und im Tempo. Du aber möchtest, dass sie unverändert bleibt wie ein Gegenstand."

Das hatte sie in ihrem Brief geschrieben, den ich zerrissen habe. Entweder weiß sie es besser oder ich habe nicht die geringste Ahnung. Meine Gefühle ändern sich nicht so leicht, sie bleiben nahezu stabil.

Ich stand auf und öffnete das Fenster. "Mir geht's gut," beschwor ich mich selbst. "Alles in bester Ordnung." Frische Luft und Sonne füllten das Zimmer. Mit dem Arm schirmte ich meine geblendeten Augen ab und weinte.

XX

Ich wusste weder ein noch aus. Ich trank bis
zum Morgengrauen. Schwerfällig stand ich vom Sessel auf und warf mich bäuchlings auf das Bett, das
ich nur mit großer Mühe fand, schloss die Augen
und lauschte im Dunkeln den kräftigen Atemzügen
meiner Nase. Plötzlich war mir kalt, ich fand weder
die Kraft, das Fenster zu schließen noch die Therme
einzuschalten noch unter die Decke zu schlüpfen.
Ich fühlte, wie die eisige Kälte von meinen Füßen
hoch kroch. Dann krabbelte eine Maus auf meinem
Rücken herum und nagte an meinem Pullover. Meine Augen, meine Nase und Lippen begannen zu zu-
cken.

Ich versuchte mich zusammenzureißen. Das
ist kein Traum, sagte ich zu mir, kein Albtraum,
wappne dich, das ist einer deiner Streifzüge...

"Wir sind schon völlig durchnässt. Sollen wir nicht ein Taxi nehmen?"

"Nein, lass uns wieterlaufen!"

"Wir werden uns erkälten. Laufen können wir ein anderes Mal."

"Nein, nein. Ich laufe sehr gern neben dir her."

Kaum zu Hause angekommen, zogen wir die nassen Sachen aus, liefen ins Bad und stellten uns unter die warme Dusche. "Hock dich hin", sagte sie lachend. "Ich wasche dich."

"Ich bin doch kein Kind!"

"Und ob. Du bist mein Kind."

Unter dem Wasserstrahl ging ich in die Hocke. Während sie meine Haare shampoonierte, fragte ich: "Wirst du mich auch so waschen, wenn wir verheiratet sind?" "Hättest du es gern?" fragte sie. "Ja." "Aber du bist doch schon verheiratet," sagte sie.

"Und du hast einen Freund", entgegnete ich. Sie lachte.

In Badetücher eingewickelt, gingen wir zurück ins Zimmer. Während ich meine Haare trocknete, kam sie mit schnellen Schritten auf mich zu, streckte sich mir entgegen und ließ ihre Lippen auf meinem Mund wandern: "Das hättest du also gern," sagte sie dann. "Ja," sagte ich. "In einem anderen Leben, Liebster," sagte sie. "Aber dann bestimmt..."

XXI

"Hattest du den Tasmanischen Teufel gesehen? Die Geschichte von Vinny?"

"Nein. Sollte ich?"

"Weiß nicht. Mir gefiel er nicht besonders."

"Warum fragst du dann?"

"Das ist meine Art, die Wogen zu glätten."

Meine letzte Reise hatte ich in die Ukraine unternommen. Über zwanzig Jahre ist es her. Mit dem Schiff von Istanbul nach Odessa, drei Tage wegen Nebels festgehangen am Hafen von Odessa, mit dem Zug nach Charkow, von da wieder mit dem Zug nach Kiew. Am Straßenrand verkauften Leute auf umgedrehten Obstkisten Zigaretten, stückweise, auch Konserven und Fleischstücke. Auf den Straßen gab es Hunger und Armut, im Museum nebenan jedoch Soldatenhandschuhe aus Menschenhaut, Seife aus Menschenfett. Längst habe ich meinen Glauben an Gott und die Menschheit verloren, unwiderruflich. Damit das hier endet und gleich meinen neue Reise beginnt, in der Hoffnung vielleicht, dass es ein besserer Ort sein möge, ein gerechterer.

"Also gut. Du machst dich morgen auf den Weg. Brauchst du etwas?"

"Nein. Ich fahre morgen los. Du ja auch. Soll ich dir etwas von hier mitbringen?"

"Nein, danke."

"Gut."

Geschichten. Vinnys Geschichte, meine Geschichte, deine Geschichte. Die Geschichte dessen, der zu Seife wurde und dessen, der sich mit ihm eingeseift hat. Der zum Handschuh wurde und der den Handschuh trug. Der zu Fleisch wurde und der dieses Fleisch verkauft. Die Welt ist voller Geschichten und zahlloser Reisen.

"Du hattest mich etwas gefragt neulich abends..."

"Wir haben tagelang nicht miteinander geredet, Liebster. Du meinst sicher früher?"

"Nein, nein. Neulich abends. Als du aus dem Bad kamst." "Ich weiß nicht, was du meinst, Liebster. Wir haben uns fast zweieinhalb Monate nicht gesehen."

"Ich weiß. Es ist kaum zu erklären, aber ich wollte trotzdem, dass du es erfährst."

"Was denn, Liebster?"

"Ja, ich wünschte, es wäre so. Ich wünschte, es bliebe immer so…"

XXII

Ein kleiner Busbahnhof in Anatolien. Über-
müdete Busse, Menschen und Gepäck, zwischen
schneebedeckten Bergen hindurch aus der Ferne
hergekommen. Fliegende Händler, Wintersonne und
ein kleiner, weißer Schmetterling, der beim Ausstei-
gen auf mich zu flattert und sich an meiner Brust
niederlässt. Mein Begleiter, während ich am kühlen
Morgen der stillen Stadt zum Hotel laufe, an meinem Arm, um mich herum, heiter flatternd...

Ein Zimmer mit abgenutztem Mobiliar, darin
verteilt ihre Schminkutensilien, bunten Kleidungsstücke, ihr kleines Bügeleisen, ihre Handys, ihr
Kopfhörer und ihre Getränke. Kabel, Ladegeräte
und ihr Duft im Zimmer, in dem sie seit gestern
Abend wohnt. Im Bett, auf den Möbeln und im
Bad... Wie bei unseren ersten beiden Treffen das un-
geduldige, heiße Aufeinandertreffen unserer Lippen,

die nicht länger als wenige Sekunden getrennt sein können. Der schwindelerregende Streifzug des Zimmers um unsere ineinander gewundenen Körper, das den schönsten Morgen, den schönsten Tag und die schönste Nacht in seiner vierzigjährigen Geschichte ankündigt.

"Mein Schmetterling. Du bist mein Schmetterling..."

"Wenn du mich so siehst... Danke."

Zwei Wochen später umflattert mich derselbe Schmetterling nun in einer anderen Stadt, Tage und eine ganze Nacht hindurch.

"Wenn du bei mir bist, gibst du dich mir bedingungslos hin."

"Und du wirst mir voll und ganz gerecht."

Rote Tropfen mittig auf dem Kissen, den Hotelpantoffeln und der Serviette, unaufhörliches Husten und ihr sorgenvolles und fragendes Gesicht.

"Du musst zum Arzt. Dringend."

"Nein."

"Warum nicht?"

"Ich   glaube nicht an Ärzte. Genauso wenig an Medikamente."

"Wartest du auf ein Wunder?"

"Ja, mindestens eins."

XXIII

"Geht es dir besser?"

"Seit ich mit dem Rauchen pausiere, ja. Ich huste auch weniger."

"Das freut mich, Liebster. Fang nicht wieder an. Wie sieht's zu Hause aus?"

"Sie ist freundlich zu mir. Wir reden miteinander. Alltagskram.".

"Meinst du, dass sie es weiß? Oder dass sie einen Verdacht hat?"

"Ich denke, dass sie es spürt. Aber sie lässt sich nichts anmerken."

"Sie wird dich nicht verlieren wollen."

"Wir sind so lange zusammen. Fast unser ganzes Leben."

"Und wie geht es dir damit?"

"Bevor du kamst, hatte ich ein Leben ohne sie nie in Erwägung gezogen."

"Du hattest viele Affären. Schwer, das zu glauben." "Viel unglaublicher finde ich, dass ich es jetzt derart heftig möchte. In meinem Alter und meinem Zustand." "Was ist mit deinem Zustand, Liebster? Ich finde dich ganz okay."

"Du weißt, dass ich kaum jemanden habe außer ihr."

"Du hast mich."

"Die Arbeit läuft nicht so, wie ich möchte. Ich habe keinerlei Antriebskraft."

"Das wird schon."

"Und da ist noch mein Gesundheitszustand."

"Es wird dir besser gehen, wenn du auf dich achtest. Außerdem bin ich ja bei dir."

Habe ich mich verändert oder bist du anders? Oder gar beides? Sind wir nicht noch immer im sel-

ben beschissenen Jahrhundert, auf demselben verdammten Stückchen Erde? Woher dieser plötzliche
Hoffnungsschimmer, dieser Glaube, dieser Wille...

"Wie's aussieht, werde ich Ende des Monats
zwei Tage in Istanbul sein können. Kannst du
dir frei nehmen?"

"Was für eine Frage? Du weißt, dass ich mich
um solche Dinge nicht mehr schere."

"Ich habe es bemerkt, Liebster. Das ist
schmeichelhaft."

"Der Gedanke daran, mit dir zusammen zu
sein, ist schwindelerregend."

"Welches Glück für mich..."

"Und mich erst..."

XXIV

Unruhige Nacht. Ich wälze mich im Bett hin und her. "Ich kann nicht," denke ich, "Nichts wird sich ändern. Bald werde ich mich auf den Rücken legen wie eine Wanze und krepieren." Dann höre ich Hundegebell. Ich stehe auf, um das Fenster zu schließen, aber es ist geschlossen. Die Laute kommen aus der Wohnung. Ich gehe zum anderen Bett an der Wand und sehe auf Noras Gesicht. Sie schläft tief. Ich spitze die Ohren und folge dem Gebell, gehe ins Nebenzimmer, dann in die Küche, ins Bad. Es ist dunkel, ich bin schwach. Ich setze mich in der Diele im Schneidersitz auf den Boden. Dabei taucht ein Hund dicht vor meiner Nase auf, dann noch einer und noch einer. Sie strecken mir ihre Vorderpfoten entgegen, fletschen die Zähne und knurren mich an. Ich bewege mich nicht, bin auch nicht verängstigt. Dann sehe ich dich. Du sitzt in einem Restaurant, in dem Kellner in grauen Pluderhosen bedienen, dir gegenüber sitzt ein mir unbekannter Mann. Du bist sehr ausgelassen, erzählst ihm etwas und lachst immerzu. Ich spüre, dass meine Hände zittern. Dann höre ich dich sagen: "Ich habe gehört, dass das Hotel einen Swimmingpool hat. Gehen wir schwimmen, wenn wir wieder im Hotel sind?" "Bitte!" wiederholst du. "Lass uns schwimmen gehen."

"Ich kann das nicht," sage ich zu mir selbst. "Ich kann nicht mit ihr zusammen sein. Auch nicht, wenn fünf Wunder geschehen und nicht nur eins. Sie ist so anders als ich."

"Ich bin anders aufgewachsen," sagst du. "Ich kann dich nicht verstehen. Ich habe eine andere Sicht auf die Welt."

Mein Verstand verflüchtigt sich, das fühle ich. Das Zittern geht vorbei, die Hunde verlieren an Kontur und verschwinden, das Bellen verklingt. Dann sehe ich dich an einem anderen Ort. In einer geräumigen, komfortablen Wohnung sitzt du, die Beine ausgestreckt, in einem geschmackvoll eingerichteten Zimmer auf einem Sofa und blickst gedankenverloren zur Wand. Du bist fünfundsechzig Jahre alt. Ich betrachte deine im Nacken zusammengebundenen Haare, deine Hand an der Wange, ein aufgeschlagenes Buch auf deinen Knien. Ausgiebig betrachte ich den Mann und die junge Frau auf der Abbildung des Einbands. Hübsch anzusehen bist du, auch im Alter. Ich werfe einen Blick in die anderen Zimmer. Eine Frau sitzt auf dem Teppich und kümmert sich um zwei kleine spielende Mädchen. Wer sie wohl sind? Sonst ist niemand da. Haus und Garten sind ruhig. Du auch. Woran du wohl denkst?

Ich finde kaum die Kraft mich aufzurichten. Meine Beine sind eingeschlafen. Mit einer Hand stemme ich mich gegen die Wand und richte mich langsam auf. "Ich kann das nicht," sage ich. "Wir werden das nicht hinkriegen." Ich lasse mich bäuchlings auf das Bett fallen. "Das mit uns ist zum Scheitern verurteilt. Ganz sicher." Ich denke an die auf dem Buchdeckel festgehaltene Zeit, einen frostigem Morgen. Der steile Weg, den wir Hand in Hand erklettern, der Koffer, den ich an der anderen Hand hinterher ziehe. Dann kommt mir unser erster Kuss in den Sinn, wie sie, auf dem Sofa sitzend, ihre Augen schließt und ihre Lippen auf meinen Mund legt, die Wärme ihres Atems, ihr Begehren. Ihr erbebender Körper, ihre Lust, als ich zum ersten Mal in sie eindringe. Ich brenne. "Ohne dich kann ich aber auch nicht mehr sein," murmele ich. "Ohne dich kann ich nicht leben." Ich japse nach Luft, möchte aufstehen und zu dir. Wo bist du? Immer noch krank in diesem Bett? Oder sitzt du auf dem Sofa in diesem großen Haus, gedankenverloren? Oder trocknest du gerade dein Kleid? In der Wohnung in Balat, denke ich, wie durchnässt wir waren an jenem Tag.

"Du hättest es dir also sehr gewünscht," höre ich sie dann mit ihrer zarten Stimme sagen. "Ich doch auch, Liebster," fügt sie hinzu. "Und wie."

Meine Anspannung lässt nach. Vor meinen vor Müdigkeit geschlossenen Augen sehe ich dich erneut. Irgendwo in der Ferne, am Eingang einer historischen Bibliothek posierst du in deinem gelben, im Wind flatternden Rock. Ein Lächeln legt sich auf meine am Laken festklebenden Lippen. Meine

Finger streichen über das Foto und schreiben darauf, als webten sie einen seidenen Teppich:

"Ein Zusammentreffen, das einer alten Bibliothek ein Lächeln entlockt. Wie gut ihr zusammenpasst."

"Oh..." höre ich dich rufen. "Danke, mein Liebster. Vielen Dank..."

XXV

"Wie war deine Nacht?"

"Unruhig."

"Ja? Warum, Liebster?"

"Weiß nicht. Mein Denken war auf dich fixiert. Außer dir ist nichts da, was mich beeindruckt."

"Bei mir gibt's nichts zu erzählen, Süßer. Wir haben in diesem Restaurant zu Abend gegessen und sind dann zurück ins Hotel. Ich wäre gern noch in den Swimmingpool gegangen, aber es stellte sich heraus, dass es keinen gab. Ach ja, dann war da noch, wie gesagt, die Besichtigung dieser historischen Bibliothek. Sonst nichts. Dann gingen wir auf unsere Zimmer.

Ich habe noch meinen Koffer gepackt und bin ins Bett."

"Dann sind das also reine Hirngespinste, die ich aufbausche in meinem Kopf."

"Du weißt, dass ich nach Kräften Rücksicht nehme, damit du dich nicht so fühlst."

"Ich weiß. Aber wenn du irgendeine Kleinigkeit überspringst, dann erschüttert mich das wie ein Erdbeben."

"Auch das weiß ich, aber es macht mich eben wahnsinnig, wenn ich mir Mühe gegeben, das Bestmögliche getan habe und sehe, dass ich dich nicht zufriedenstellen konnte."

"Unsere Beziehung ist nun mal sehr fragil."

"Du sagst es."

"Deine Geschäftsreisen setzen mir sehr zu."

"Ich habe einen Job, Liebster, das weißt du. Und ich will ihn gut machen. Ich suche mir diese langen und anstrengenden Reisen nicht aus."

"Trotzdem stören sie mich."

"Hast du einen Vorschlag?"

"Nein, leider nicht."

"Morgen bin ich daheim. Und Ende des Monats bei dir. Halt dich fern von Hirngespinsten und achte bitte auf deine Gesundheit."

"Danke für jeden Tag, den wir zusammen verbrachten und zusammen verbringen werden."

"Danke, Liebster, danke."

XXVI

"Wenn du bei mir bist, geht es mir gut. Wenn ich deine Stimme höre, auch, aber wenn mir irgend etwas im Kopf herumgeht, ich mich festgebissen habe und nicht umgehend mit dir darüber reden kann, zum Beispiel nachts zu Hause, dann kann ich nicht schlafen. Oder ich verliere mich und nehme andere Gestalten an."

"Was für Gestalten, Liebster?"

"Du weißt ja, vor unserem dritten Treffen waren wir aneinandergeraten und es herrschte ein paar Tage Funkstille."

"Ja."

"Da fühlte ich mich so schlecht, dass ich dachte, dich für immer verloren zu haben. Dass es aus und vorbei ist mit uns. Ich hatte

Angst, dass wir nie wieder miteinander reden, uns nie wiedersehen würden."

"Das war wieder aus so einem völlig absurden Grund. Etwas, was du dir erdacht hast. Was nur in deinem Hirn existiert."

"Das sagst du so leicht. Aber ich weiß doch nicht, dass es völlig absurd ist, bevor du es mir erklärst. Ich muss es unbedingt aus deinem Munde hören."

"Merih, du hast wirklich die Gabe, völlig unnötige Dinge derart aufzubauschen, dass ich nicht verstehe, worin das Problem besteht."

"Du weißt, dass ich die Nachwirkungen von Traumata, Krankheit und starken Medikamenten immer noch nicht habe abschütteln können. Bevor du kamst, war ich jahrelang wie gefangen in einer entsetzlichen Einsamkeit, einer Finsternis. Ich hatte nur Kontakt zu den paar Kollegen und zu Nora. Und da auch nur das Allernötigste."

"Ich weiß, Liebster, aber jetzt bin ich bei dir und werde es immer sein. Es besteht kein

Grund zur Sorge. Ich möchte jeden Augenblick voller Glück mit dir verbringen. Warum sollen wir uns mit eingebildeten Problemen herumschlagen, statt etwas Sinnvolles zu unternehmen? Auf dem Gymnasium hatte ich mal ein Gedicht gelesen, von Cemal Süreya, darin heißt es:

Wer wollte nicht glücklich sein

Aber hältst du auch das Unglück aus?

Verstanden hatte ich es nicht, tue ich ehrlich gesagt immer noch nicht. Ich finde, man muss nicht um jeden Preis unglücklich werden. Man kann sehr wohl mit dem, was man hat, dauerhaft glücklich leben."

"So ganz Unrecht hat Süreya nicht. Er meint, denke ich, die Liebe. Und da bist auf der einen Seite du, die Glückliche. Und ich bin wie immer der Unglückliche."

"Aber warum? Nenne mir triftige Gründe. Ich habe nur Augen für dich. Im Rahmen meiner Möglichkeiten verbringe ich jede freie Minute mit dir, ob mit Schreiben, am Telefon oder indem ich bei jeder sich bietenden Gelegenheit zu dir komme. Kannst du mir, abgesehen von diesen besagten wenigen Tagen, einen einzigen Tag nennen, an dem wir keinen Kontakt hatten?"

"Mir fällt keiner ein."

"Weil's keinen gibt."

"Ja, genau in diesen wenigen Tagen der Funkstille fand ich mich eines Nachts, nachdem ich mich mit Tausend negativen Gedanken im Bett gewälzt hatte, mit einem Mal auf einer breiten Straße wieder. Ich hockte mitten in der Nacht vor einer Boutique, die Schaufenster in einer fremden Sprache beschriftet. Auf meinem Kopf ein riesiger roter Touristenhut, bunte Klamotten am Leib, rosa angemalte Lippen, links und rechts von mir mit Krimskrams vollgestopfte Einkaufstüten, auf meinem Schoß eine hässliche Katze, die ich mit der einen Hand streichle, in der anderen ein Bleistift, ein merkwürdiges Grinsen im Gesicht, so saß ich da an die Rollläden des Geschäfts gelehnt und schrieb seelenruhig etwas in einer Fremdsprache in das Heft auf meinen Knien. Dann ließ mich der Duft eines Parfums innehalten. Ich schloss die Augen, sog den Duft tief ein, hob den Kopf und als ich sie wieder öffnete, sah ich dich vor mir. "Na, wie findest du mich?" fragte ich und strahlte dich an. "Ich suchte dich seit Jahren," entgegnetest du. "Gib mich auf," sagte ich. "Das mit uns beiden, das wird nichts."

"Warum nicht?"

"Vergnüge du dich ruhig weiter mit wildfremden Männern in Pools. Ach, lass mich."

"Was für Pools?"

"Pools eben. Hotelpools. Wo du mit deinem Kollegen warst."

"Warum sollte ich mit meinem Kollegen in den Pool? Wie kommst du darauf?"

"Wolltet ihr nicht zusammen hin?"

"Selbstverständlich nicht. Warum sollte ich mit meinem Kollegen schwimmen gehen?"

"Warum hast du das nicht gleich gesagt? Nur deshalb lebe ich so lange schon auf der Straße."

"Warum hätte ich was sagen sollen? Das war nie Thema."

"Wird es aber bald."

"Also gut, falls ja, gehe ich nicht hin. Oder allein. Versprochen."

"Mit dir zu reden, erdet mich..."

"Ich bin bei dir, Liebster. Komm. Steh auf, lass uns nach Hause gehen."

Du nahmst mich bei der Hand und halfst mir hoch. Als ich nach den Einkaufstaschen greifen wollte, ließest du es nicht zu. "Lass das Zeug," sagtest du. "Wenn wir zu Hause sind, wasche ich dich ordentlich und ziehe dir saubere Sachen an."

"Wo sind wir zu Hause?"

"Weit weg. Im Kaz-Gebirge."

"Im Kaz-Gebirge. Mein Rückzugsort. Das Haus, in das ich nach meiner Pensionierung zog, nach der Scheidung von Nora. Jahrelang träumte ich davon, dass du zu mir kommst..."

"Genau, Liebster."

"Ich hatte ihr gesagt, dass ich nicht mehr arbeiten und allein leben möchte. Sie hatte es verständnisvoll aufgenommen. Wir verkauften die Eigentumswohnung und teilten den Erlös. Sie zog zu ihrer Mutter und ich kaufte diese kleine Hütte, zog ein und machte es mir wohnlich."

"Ich weiß, Liebster. Du hattest es mir erzählt."

"Ein einziger Raum. Ein Ofen, ein Bett, dunkelrot gemusterte Tapeten, einige gewöhnliche Sessel in verschiedenen Farben, ein verzierter Beistelltisch, eine Kuckucksuhr und ein Ankleidespiegel sowie ein brauchbarer Plattenspieler..."

"Hm..."

"Und eines Tages hattest du mich dort aufgespürt."

"Das war gar nicht so einfach."

"Damals warst du verheiratet. In zweiter Ehe. Wir hatten den ganzen Abend Wein getrunken und uns unterhalten. Auf den alten Platten hatten wir Lieder gehört, die du mochtest. Als es spät wurde und dir langsam die Augen zufielen, hatte ich mein Bett für dich zurechtgemacht. Ich wollte auf dem Sofa schlafen, vielleicht auch gar nicht schlafen, sondern dich im Schlaf betrachten, bis du aufwachst, aber du hattest mich an der Hand zum Bett geführt."

"Ich erinnere mich an jede Sekunde, Liebster."

"Wir hatten uns, so wie wir waren, aufs Bett gelegt. Du legtest deinen Kopf auf meine Brust und schliefst sofort ein. Und ich regte mich kaum bis zum frühen Morgen, die eine Hand auf deinem Haar, die andere auf deinem Rücken."

"Ich schlief nicht sofort ein. Das vergisst du jedes Mal. Vor dem Einschlafen sog ich deinen Duft tief ein, spürte deine Hände auf meinem Haar und meinem Rücken und fand Seelenruhe. 'Tausendjährige Glückseligkeit...' hatte ich zu mir selbst gesagt. 'Das ist die Summe allen Glücks, das ich seit tausend Jahren suchte.'

"Was muss ich tun, um deine merkwürdigen Streifzüge zu einem Ende zu bringen, Liebster?"

"Sei die meine."

"Ich bin die deine."

"Sei bei mir."

"Dazu müssen wir einiges regeln. Und Nora muss der Trennung zustimmen."

"Manchmal denke ich, dass es niemanden namens Nora gibt, und dass auch sie nur auf den Streifzügen, die sich mein Kopf erdenkt, existiert."

"Weißt du, daran dachte ich neulich auch. Ich habe sie ja noch nie gesehen, nicht einmal auf einem Foto. Ich weiß nur das von ihr, was du erzählst. Nicht gerade viel."

"Wie viel?"

"Kaum etwas. Merih, gibt es wirklich eine Nora, mit der du verheiratet bist?"

XXVII

"Warum machst du ein langes Gesicht?"

"Weil du mich auf einen furchtbaren Gedanken gebracht hast!"

"Meinst du die Sache mit Nora? Hätte ich gewusst, dass du das so ernst nimmst, hätte ich es nicht daher gesagt."

"Wie sollte ich es nicht ernst nehmen, Merih? Das Zuverlässigste an dir war für mich immer deine Aufrichtigkeit. Bis eben war ich überzeugt, dass du mich nicht mit einem einzigen Wort angelogen hast. Und nun dieser Satz aus deinem Mund."

"Es ist das erste Mal, dass du mich so oft beim Namen nennst."

"Ist der etwa auch nicht echt?"

"Lenk nicht vom Thema ab."

"Ich werde noch verrückt, Merih. Du bist es doch, der das Thema wechselt."

"Ich habe nicht gesagt, dass es keine Nora gibt. Ich habe mich lediglich gefragt, ob es sie möglicherweise auch nicht gibt?"

"Und diese Frage hat mich eben zur anderen geführt..."

"Zu welcher?"

"Als ich dich abends fragte, ob du was gegessen hast, verneintest du. Als ich nach dem Grund fragte, sagtest du, dass du es vorziehst, wenig zu essen."

"Das ist richtig. Ich denke sogar oft daran, es ganz sein zu lassen."

"Vielleicht isst du ja nichts, weil niemand da ist, der für dich kocht."

"Es kommt schon mal vor, dass Nora bei ihrer Mutter übernachtet, aber ich könnte ja selbst kochen, wenn es so wäre." "Ich weiß, dass du keinen Finger krumm machst für dich. Und außerdem, wenn Nora zu Hause ist, wie kommt es dann, dass du abends ungestört mit mir chatten kannst?"

"Das kann ich nicht immer."

"Vielleicht chattest du ja an den Abenden, an denen du vorgibst, nicht ungestört zu sein, mit einer anderen."

"Warum sollte ich so etwas tun?"

"Um niemanden zu sehr in dein Leben zu lassen, vielleicht. Weil du deine Beziehungen lieber so leben möchtest, auf Distanz, um ganz für dich zu sein."

"Selbstverständlich gibt es Nora. Schon sehr lange gibt es sie und bis du kamst, hatte ich nie erwogen, dass sie eines Tages nicht mehr in meinem Leben sein würde. Das habe ich dir aber bereits gesagt. Können wir das Thema beenden, Liebling?"

"Es tut mir leid. Das sind die Nerven. Der Stress im Job."

"Kein Problem. Du arbeitest zu viel, schläfst zu wenig. Und dann musst du dich noch mit mir herumschlagen."

"Das ist doch Unsinn, Merih. Du bist mein Ein und Alles."

"Beruht auf Gegenseitigkeit."

XXVIII

Das fünfte Treffen. Ein schönes Hotelzimmer außerhalb der Stadt, ein lauer Donnertag Abend. Kaum zur Tür herein beginnen wir einander auszuziehen, ohne unsere Küsse auch nur für einen Augenblick zu unterbrechen. "Ich habe dich vermisst, " sagt sie. "Und wie." Ihr heißer Atem nimmt mir die Besinnung. "Ich dich auch," sage ich keuchend, gleich darauf werde ich von einem Hustenanfall übermannt, so dass ich auf die Knie sinke und mir schier die Lungen aus dem Leib huste.

"Von wegen, besser geworden."

"Ist gleich vorbei."

"Warum weigerst du dich, zum Arzt zu gehen? Du bist doch schon einmal erfolgreich behandelt worden."

"Ich will das nicht noch einmal durchmachen."

"Aber du weißt, dass es nicht von selbst besser wird. Sobald du nur ein wenig geschwächst bist, wird es dich wieder niederstrecken."

"Passiert schon nichts. Ich passe auf mich auf."

Als der Husten abklingt, richte ich mich langsam auf, nehme sie wieder in meine Arme und küsse ihren Hals, ihre Schultern, lasse meine Hände leidenschaftlich auf ihren Beinen, ihrem Rücken streifen. Während ihre Lippen in meinem Mund versinken, lege ich sie ins Bett und wickele ihre Beine um meinen Rücken. "Wie sehr ich deinen Atem vermisst habe," murmelt sie. "Und deinen Geruch." Die Finger meiner beiden Hände verschwinden in ihren Haaren, während ich mich schnell auf ihr hin und her zu bewegen beginne. "Ich bekomme nicht genug von dir," keuche ich. "Ich vermisse dich schon beim Abschied, sobald du zur Tür hinaus bist." "Die Musik," sagt sie. "Ich habe die Musik vergessen." Sie greift nach dem Handy und lässt Kovacs' My Love laufen. Noch schneller, noch leidenschaftlicher küssen wir uns. Ganz feucht ist sie. "Wie ein lauer Fluss fließt es zwischen deinen Beinen," sage ich.

"Hör nicht auf," sagt sie mit beschlossenen Augen. "Ich bekomme nicht genug von dir."

Wir duschen gemeinsam und kehren ins Zimmer zurück.

"Und was machen wir jetzt, Süßer?" fragt sie. "Lass uns essen gehen. Dann holen wir was zu trinken und kommen wieder her."

"Gut," sagt sie. Wir ziehen uns an und gehen hinaus, nehmen die Überführung zum nahen Einkaufszentrum. Zunächst nimmt sie meine Hand, dann hakt sie sich bei mir unter, um sogleich den Arm um mich zu legen. "Kannst dich wohl nicht entscheiden," bemerke ich. Wir lachen. Als ich ihr den Arm um die Schultern lege, schmiegt sie sich kurz bei mir an.

Im Restaurant am Eingang der Passage setzen wir uns an einen Tisch und geben unsere Bestellung auf.

"Du fremdelst nicht mehr," sagt sie. "Es macht dir nichts mehr aus, in öffentliche Verkehrsmittel einzusteigen, unter Menschen zu sein."

"Ja," sage ich. "Ich könnte jetzt auch allein herkommen." Sie wird bleich, schaut weg und isst still. Das ist neu an ihr. So schweigsam und so fern.

"Was ist, Liebste?"

"Nichts."

"Warum so still auf einmal?"

"Nichts."

"Das war ein Scherz. Ich denke gar nicht daran, ohne dich irgendwohin zu gehen."

"Wirklich nicht?"

"Natürlich nicht. Du kennst mich doch."

Sie streckt ihren Arm über den Tisch und nimmt meine Hand. "Ich weiß, Liebster," sagt sie. "Ich weiß. Danke."

Nach einem schwächeren Hustenanfall stehen wir auf und gehen in den Supermarkt. Zwischen den Spirituosenregalen nehme ich ihre beiden Hände in meine und drehe sie zu mir. "Es wird nie jemand außer dir da sein," sage ich. "Es gibt keine andere für mich." Ein Lächeln erhellt ihr Gesicht. "Liebster...", sagt sie. Nur dieses eine Wort.

Mit Getränken ausgerüstet kehren wir auf dem selben Weg ins Hotel zurück. "Gefällt dir das Hotel?" fragt sie.

"Ja. Das nächste Mal können wir auch hierher."

"Findest du?"

"Ja, du nicht?"

"Doch, klar.."

Im Zimmer ziehen wir die Schlafanzüge an, die sie für sich und mich mitgebracht hat und gießen uns ein. "Außerdem ist hier gelbes Licht," sagt sie. "Ich mag kein weißes Licht."

"Und du? Magst du weißes oder gelbes?"

"Weiß nicht. Das ist mir wohl egal."

"Wie ist das Licht bei euch zu Hause?"

"Keine Ahnung. Hab nicht darauf geachtet."

"Wie? Du weißt nicht, wie das Licht bei dir ist? Los, sag schon, gelb oder weiß?"

Ich denke darüber nach, finde es aber nicht heraus. Ich werde nachsehen, wenn ich zu Hause bin, aber es ist bestimmt weiß, da sie gelbes Licht mag. Weil nichts an uns gleich ist.

"Sollen wir schon mal ein Programm für morgen machen, Liebster?" fragt sie.

"Ich muss früh raus," sage ich. "Zur Arbeit. Du kannst deine Erledigungen machen. Und abends treffen wir uns hier." "Lass uns erst gemeinsam frühstücken," sagt sie. "Dann kannst du zur Arbeit. Du solltest keine Mahlzeit auslassen."

"Ich hole mir unterwegs was."

"Nein, wenn ich nicht weiß, dass du gut gefrühstückt hast, habe ich keine Ruhe."

Sie setzt ihr Glas auf dem Tisch ab, kommt näher, nimmt meine Hand und zieht mich hoch, sieht mir in die Augen und bringt ihre Lippen an meinen Mund. " Ich liebe dich," sagt sie.

"Ich liebe dich sehr, Baby." Wir gehen wieder ins Bett.

Am nächsten Morgen machen wir es, wie sie es vorschlug. Nach einem ausgiebigen Frühstück im Hotel gehe ich zur Arbeit. Sie bleibt. Am Abend treffen wir uns. Nach einem Essen in einem anderen Restaurant kaufen wir im selben Supermarkt etwas zu trinken und gehen ins Hotel. Sie erzählt mir ausführlich, wie ihr Tag war, mit wem sie sich traf. Ich höre zu, ohne sie zu unterbrechen. Es gefällt mir, dass sie von sich aus drauf los erzählt. Und ihre Stimme, ihre Tonlage, ihre Art zu sprechen auch...

"Und wie war dein Tag, Liebster?"

"Wie immer. Ruhig."

"Ein eintöniges Leben ist eigentlich nichts für dich. Unter Menschen würdest du dich besser fühlen. War es früher nicht so?"

"Richtig. Aber es ist gut, wie es ist."

Es war Winter, als wir begannen uns zu treffen. Normalerweise friere ich schrecklich, aber in ihrer Gegenwart verändert sich meine Chemie. Von Frieren keine Spur. Und schlafen muss ich auch nicht. Wenn sie eingeschlafen ist, betrachte ich ihr Gesicht bis zum frühen Morgen, ohne ein Auge zuzutun... Von Zweifeln keine Spur in ihrer Gegenwart. Meine Bedenken verfliegen regelrecht.

"Woran denkst du, Liebster?"

"Daran, dass wir uns morgen früh wieder verabschieden müssen. Was meinst du, wann können wir uns wiedersehen?"

"Nicht vor Oktober, wie es aussieht."

"Ganz schön lang."

"So ist es. Vielleicht kommst du ja zu mir."

"Mach ich."

"Ja? Du traust es dir zu?"

"Ja, wie es aussieht, werde ich dir auf Schritt und Tritt folgen. Stadt für Stadt."

"Ha ha, scheint mir auch so."

Ich stehe auf, nehme ihren Arm und lege sie aufs Bett. Meine Lippen streifen über ihren Leib, bis kein Fleck ungeküsst bleibt, bevor ich meinen Kopf in ihre tiefe Grube wühle.

"Wie schön du bist," sage ich.

"Ich bin dein," erwidert sie, während sie ihre Beine spreizt. "Nur dein, dein für alle Zeiten."

XXIX

Ein Klappern weckt mich auf. Die Tür wird geöffnet. Hastig richte ich mich auf. Nora steht im Nachthemd in der Wohnungstür. Die Wanduhr zeigt 04.45.

"Wo willst du hin?"

"Vater hat mich gerufen."

"Du hast sicher geträumt," sage ich, ziehe sie am Arm wieder herein und schließe die Tür.

"Aber Vater hat mich gerufen," wiederholt sie. "Komm sofort, hat er gesagt."

Ich wasche ihr das Gesicht und gebe ihr Wasser zu trinken. Nachdem sie sich gesammelt hat, legt sie sich in ihr Bett und schläft ein. Ich gehe zurück in meins. Laken und Kissen sind völlig durchnässt.

Ich bin nass geschwitzt, von meinem Haar rinnt es lauwarm hinunter. Ich lege mich hin.

Ich muss daran denken, wie sie 'Vater hat mich gerufen,' sagte. 'Komm sofort.' Ihr Vater. Zwanzig Jahre ist das her. Wir sind in ihrem Elternhaus, nach dem großen Erdbeben. Wir haben Raki getrunken, ziemlich viel.

"Merih, wie soll es weitergehen?" fragt sie. Auf einmal platzt mir der Kragen. "Was weiß denn ich!" schreie ich, "Hab ich das Erdbeben gemacht?" Alle im Zimmer richten die Augen voller Staunen auf mich. "Mache ich all die Kriege!" brülle ich. "Lasse ich die Menschen hochgehen wie Silvesterknaller!" Nora steht auf und kommt zu mir, zieht mich an einer Hand hoch. "Komm. Lass uns zu Bett gehen, Lieber," sagt sie. "Mein Vater ist doch auch tot," sage ich. Von meinen geröteten Augen rinnen zwei Tränen die Nase hinab.

XXX

"Die Röntgenbilder sind nicht erfreulich. Leider haben sie einen Rückfall."

Ich lasse den Kopf sinken und fahre mir mit meiner rechten Hand durchs Haar.

"Sie hätten früher kommen sollen," sagt er. "Rauchen Sie?"

"Ja."

"Alkohol?"

"Ja."

"Ab sofort müssen sie beides vergessen. Und wir müssen uns um ihre unverzügliche Einweisung kümmern."

"Ich kann nicht ins Krankenhaus. Ich muss arbeiten." "Sie sind arbeitsunfähig. Für die Behandlung ist es fast zu spät."

"Ich müsste mir Urlaub nehmen. Und eine Übergabe machen."

"Sie haben keine Zeit zu verlieren. Ich veranlasse die Einweisungsformalitäten. Hinterlassen Sie Ihre Telefonnummer und kommen Sie in einigen Stunden mit einer Begleitperson zurück. Unbedingt."

Ich schreibe meine Nummer auf, trete hinaus auf die Straße und gehe langsam, das Gesicht der Sonne entgegengestreckt... Straßenbahnen fahren vorbei, Busse, Taxis. Ich komme an dem Reisebüro vorbei, wo ich die Fahrkarte kaufte. Jener Tag kommt mir in den Sinn und die Fahrkarte für den Fernbus, die ich voller Vorfreude auf unser Wiedersehen, nach eineinhalb Monaten des Getrenntseins, kaufte. Wie ich sie, die Karte in der Hand, anrief und unsere gemeinsam ausgemalten Träume. Wie ich zu ihr sagte: "Erledige alles, bevor ich komme. Ich habe nicht vor, auch nur eine Sekunde ohne dich zu verbringen."

"Ganz bestimmt," sagt sie. "Ganz bestimmt. Keine Sekunde getrennt!"

"Einmal noch," denke ich laut. "Einmal noch muss ich sie sehen. Oktober ist zu fern für mich. Es gibt keinen Oktober für mich."

"Eine andere Zukunft haben wir auch nicht. Lange halten wir es nicht miteinander aus. Wir sind zu verschieden. Einmal noch, nur für eine oder zwei Wochen. Oder etwas länger. Das genügt mir..."

XXXI

"Dein Bettzeug ist wieder völlig durchnässt. Wie damals."

"Es besteht kein Anlass zur Sorge."

"Das hast du damals auch gesagt. Und wärest fast gestorben."

"Es ist nichts, hab ich gesagt, Nora."

"Gut, wenn du meinst. Du wirst es schon wissen."

"Einen Scheißdreck weiß ich."

Ich schließe die Zimmertür, lasse mich rücklings aufs Bett fallen, hefte meinen Blick auf die Stockflecken an der Decke und denke nach.

"Bis Oktober ist noch lange hin," denke ich. "Wenn ich ins Krankenhaus gehe, können wir uns nicht sehen. Mindestens sechs Monate nicht."

An der Decke sehe ich tanzende Schatten.

"Sechs Monate ohne eine Nachricht von ihr, ohne ihre Worte zu lesen, ihre Stimme zu hören..."

Ich sehe genauer hin. Es ist kein Tanz, es ist wohl eher eine Prozession...

Nora steckt den Kopf zur Tür herein.

"Willst du nichts essen?"

"Nein."

"Das schaffe ich nicht," denke ich. "Ohne sie schaffe ich das nicht, komme ich da nicht wieder raus."

"Selbst wenn, nichts wäre wie früher. Nach so langer Zeit..."

Die Schatten verschwinden. Ihr lächelndes Gesicht sehe ich an der Zimmerdecke. "Meine Sicht der Welt ist anders als deine," sagt sie. "Ich versuche, jeden Augenblick des Lebens zu genießen."

"Du wolltest immer bei mir sein. Das hattest du gesagt···"

"Ich glaube, das hast du missverstanden. Als wollte ich ausschließlich bei dir sein."

"Aber ich..." sage ich voller Schmerz.

"Du bist wunderbar," sagt sie. "Du warst stets der perfekte Part dieser Beziehung. Ich immer der fehlerhafte."

Ich drehe mich zur Seite und werde von einem

Hustenanfall übermannt. Nora huscht herein und richtet mich auf, wechselt mir die durchnässte Unterwäsche und geht wieder. Ich setze mich auf den Stuhl, nehme meinen Kopf zwischen die Hände und sage: "Zum Teufel mit dem Leben. Zum Teufel mit allen Wundern..."

XXXII

"Du klangst furchtbar am Telefon, Liebster. Ich konnte nicht glauben, dass es dir gut geht."

"Doch, doch. Ich hab nichts."

"Du hattest geschrieben, dass du etwas Wichtiges zu sagen hast. Ich bin gespannt."

"Ja, ich zog es vor zu schreiben."

"Möglicherweise weil du vor lauter Husten nicht sprechen kannst, Liebster?"

"Ich möchte dich um einen Gefallen bitten."

"Was immer du möchtest, Liebling..."

"Kannst du dir Urlaub nehmen?"

"Natürlich. Aber wozu?"

"Ich möchte zu dir."

"Nanu? So aus heiterem Himmel?"

"Bis Oktober ist noch so lange hin. Das halte ich nicht aus, ohne dich zu sehen."

"Aber wir waren doch erst vor einigen Tagen zusammen, Liebster."

"Und wenn. Ich vermisse dich jetzt schon."

"Du bist süß. Also gut, wie lange möchtest du bleiben?"

"Eine Weile."

"Wie lange ist diese Weile, Liebster? Damit ich planen kann."

"Genau weiß ich's nicht. Ein paar Wochen vielleicht, oder etwas länger."

"Zwei Wochen also?"

"Oder einen Monat, höchstens zwei."

"Liebster, was ist los?"

"Du wolltest doch immer, dass ich zu dir komme."

"Natürlich wollte ich das. Ich bin nur erstaunt, dass du plötzlich so lange von zu Hause und von der Arbeit getrennt sein kannst."

"Ich nehme mir   Urlaub. All die Jahre habe ich durchgearbeitet. Und Nora sage ich, dass ich den Ort, an den ich zu gehören glaube, einmal noch sehen möchte."

"Verzeih mir mein Staunen. Und wo sollen wir wohnen? Wie hast du dir das vorgestellt?"

"An einem abgeschiedenen Ort. Unter den Sternen. Ohne Telefon, Internet oder Fernseher. Nur wir zwei."

"Hm. Auf dem Land, meinst du."

"Ja, wir könnten ein Häuschen auf dem Land mieten. Wir nehmen nur das Nötigste mit. Keine unnötigen Ausgaben." "Denk nicht an die Ausgaben, aber ich habe eine bessere Idee."

"Nämlich?"

"Die Almhütte meiner Großmutter steht seit Jahren ungenutzt da. Mit allem Drum und Dran. Bücher, Zeitschriften und alles. Wie für dich gemacht. Und die Luft wird dir gut tun. Was meinst du?"

"Ginge das denn?"

"Na klar, Liebster. Warum nicht?"

"Liebster". Wie kostbar ein Wort sein kann.

"Und wann?" fragt sie.

"So bald wie möglich, " sage ich, bevor ich zu husten beginne. "Bitte."

XXXIII

Der Terminkalender für 2019. Ich starre auf
den schlichten Einband. Meine zwischen den Beinen
verschränkten Finger wollen die Dinge auf dem
Tisch nicht berühren. Rechenmaschine, Telefon,
Kartenleser und die anderen Geräte sehen mich mit
einem Ausdruck von Unruhe und Sorge an, als
glaubten sie, etwas falsch gemacht zu haben. Ich
hebe langsam die Arme, stütze meine Ellbogen auf
den Tisch, lege meine Hände vor der Nase zusammen und bleibe eine Weile so.

2019. Ich überlege, ob diese Zahl sich von anderen unterscheidet. Keinerlei Assoziationen. Meine
Blicke streifen über die Wände. Ich betrachte langsam die Reihen mit den Ordnern, die Broschüren in
den Regalen und die gerahmten Bilder. Dann fahre
ich den Rechner hoch und sehe nach, ob irgendwel-
che persönlichen Daten von mir gespeichert sind.

Fotos, Briefe, archivierte Bilder oder Musik, oder irgend welche Zitate, die ich notiert habe. Nichts. Dann fällt mein Blick auf das Notizbuch auf dem Tisch. Ich nehme es freudig in die Hand und lege es gut sichtbar ab, damit ich es nicht vergesse. Dann öffne ich meinen Account und beginne ihr zu schreiben.

"Hallo, Liebste. Gleich mache ich das mit dem Urlaub klar und werde mich dann von den Kollegen verabschieden. Was ich jetzt schreibe, wirst du lesen, wenn du wieder online bist. Ich denke, dass alles planmäßig läuft."

"Mein Handy ist ein Geschäftshandy, wie du weißt. Das überlasse ich dem Kollegen, der mich während meines Urlaubs vertreten wird. Du weißt, dass ich kein eigenes Handy habe. Das heißt, dass ich dich nicht mehr anrufen kann. Den Laptop muss ich auch abgeben, damit sie die Post kontrollieren können."

"Was du mir schreibst, kann ich erst lesen, wenn ich zu Hause bin. Nun habe ich nichts anderes mehr zu tun, als darauf zu waren, dass du mich zu dir rufst oder abholen kommst. Abgesehen von einem kurzen Gespräch mit Nora."

"Ich möchte dich bitten, meine bei dir gespeicherte Nummer zu löschen, sobald du diese Nachricht gelesen hast. Du kennst meine Empfindlichkeit, was diese Dinge betrifft. Sammeln, aufbewahren, herumtragen, festhalten. Sei so gut und höre dieses eine Mal auf mich und vergiss das Löschen nicht." "Nur das Notizbüchlein, ein Geschenk von dir, nehme ich mit, wenn ich komme, sonst nichts. Falls du aber irgendetwas von hier brauchst, schreib mir, damit ich es rechtzeitig besorgen kann."

Nach einem möglichst kurz gehaltenen Kündigungsgespräch, den Formalitäten und dem Abschiednehmen streife ich am Ufer entlang zu dem Platz an der historischen Mauer. An einer nahen Trinkhalle kaufe ich eine große Flasche Wodka und eine Schachtel Zigaretten, hocke mich an der niedrigen Mauer in die Nähe von drei gut gekleideten, älteren Männern hin, fülle meinen Plastikbecher und stecke mir eine Zigarette an. Mein Notizbuch liegt vor mir auf der Mauer.

"Er sagte nicht 'darum'," höre ich den einen sagen. "Er sagte immer 'drum'."

"Er sagte nicht 'bitte'," sagt der andere. "Er sagte 'bitt'schön'."

Sie lachen.

"Er wurde vom Nachtwächter beim Champagnertrinken mit einer jungen Frau überrascht," sagt der dritte. "Splitternackt," fährt der andere fort. "Der junge Archäologe wurde in der Grabkammer inflagranti ertappt."

Wieder brechen sie in Gelächter aus.

"Eine kleine Gedenkfeier...", denke ich laut. "Ein Nachruf." "Schlaf in ewiger Ruhe, Fikret!" sagt einer und erhebt sein Glas.

"Er brüllt jetzt bestimmt: 'Macht die verdammten Lichter aus! Bei Licht kann ich
nicht schlafen!'"

Alle vier lachen wir aus vollem Hals.

XXXIV

"Willst du nicht zur Arbeit?"

"Nein. Ich habe gekündigt."

"Warum?"

"Es musste sein."

"Hat man dich entlassen, weil du krank bist?"

"Nein, ich habe gekündigt."

"Gut. Aber warum?"

"Ich möchte nicht mehr arbeiten."

Ich gehe ins Bad, um mir Gesicht und Hände zu waschen und auch ein wenig, um Zeit zu gewinnen für die kommenden Fragen.

"Hast du beschlossen, dich behandeln zu lassen?"

"Nein, ich habe nicht   vor, das noch einmal durchzumachen."

"Du hast wohl auch nicht vor, zu leben. Begreifst du nicht, von selbst wirst du nicht gesund. Du achtest überhaupt nicht auf deine Gesundheit. Gestern warst du sturzbetrunken, als du nach Hause kamst. Du darfst doch nicht trinken." "Verboten," denke ich, während ich mich ankleide. "Alles ist mir verboten."

"Darf ich?" frage ich. "Ich muss am Laptop etwas nachsehen." Sie verlässt das Zimmer. Ich schließe die Tür, klappe den Laptop auf und beginne die Nachrichten von ihr zu lesen, die sich seit gestern angesammelt haben.

"Warum so übereilt? Du hättest ruhig auf meine Antwort warten können."

"Das heißt also, dass ich deine Stimme nicht werde hören können, bis du kommst. Es fühlte sich nicht gut an, das zu lesen..."

"Deine Nummer habe ich gelöscht... Leicht war es nicht. Dass du es weißt."

"Ich gehe heute zum Häuschen, nach dem Rechten sehen. Ich melde mich."

"Ich schreibe vom Handy. Das Haus ist in Ordnung. Was fehlt, habe ich bestellt. In ein paar Tagen ist alles hergerichtet. Den Rest machen wir gemeinsam. Ich fahre jetzt zurück, werde morgen den Urlaub klar machen. Schreib mir, wie es dir geht."

"Ich bin zu Hause," schreibe ich. "Mir geht's gut. Ich werde gleich mit Nora sprechen."

Ich klappe den Laptop zu und gehe ins andere Zimmer. Nora wirkt ruhig, gesprächsbereit. Ich setze mich ihr gegenüber in den Sessel und frage: "Können wir reden?" "Reden wir," sagt sie.

"Ich werde mich nicht behandeln lassen," beginne ich.

"Arbeiten werde ich auch nicht mehr."

"Was willst du dann tun?" fragt sie.

"Ich werde nicht hier leben," sage ich.

"Und wo willst du leben?"

"Weit weg. An einem Ort, zu dem ich zu gehören glaube."

"Du fühlst dich doch nirgendwohin gehörig. Du magst die Menschen nicht, du bist ein Eigenbrötler."

"Bin ich das?"

"Natürlich. Wann hast du deine Mutter zuletzt gesehen, vor ihrem Tod? Wann hast du dich mit deinen Geschwistern getroffen? Seit Jahren wohnst du hier. Hast du zu einem einzigen Nachbarn Kontakt, einem Händler im Viertel? Hast du einen Kumpel, mit dem du dich mal triffst? Erinnerst du dich, wann du meine Mutter oder Geschwister zuletzt gesehen hast? Oder wenigstens angerufen? Gibt es einen einzigen Ort, wo du dich gelegentlich blicken lässt?"

"Bist du fertig?"

"Nein, noch nicht. Bei wessen Trauung warst du zuletzt? Welchen Verwandten hast du zuletzt besucht oder wer hat dich besucht? Kannst du mir einen Ort nennen, wo du zuletzt mit mir hingegangen bist? Über welches

Thema haben wir uns mal unterhalten in all den Jahren?"

"Ich war nicht immer so."

"Ja, du warst nicht immer so, aber selbst damals hattest du kein normales Leben."

"Was ist ein normales Leben, Nora? Abends zu Hause hocken und mit den Nachbarn Tee schlürfen?"

"Nicht zwingend."

"Was dann? Nach Feierabend im Kaffeehaus sitzen und Karten spielen etwa?"

"Auch das ist es nicht zwingend."

"Was ist es dann? Ein Leben lang schuften und sparen?"

"Ich kann nichts dafür, dass das Leben so ist."

"Und ich muss es nicht länger ertragen."

"Was also hast du vor?"

"Ich habe mit Vaters Brüdern gesprochen. Ich habe sie gebeten, für mich dort irgend etwas zu organisieren, wenn nicht mir, so doch Vater zuliebe. Eine Baracke, eine Dorfhütte, ein leerstehendes Haus."

"Und wie willst du für dich sorgen? Was willst du essen und trinken? Du bist krank, brauchst Pflege."

"Ich kriege das hin. Sorge dich nicht um mich. Geh du zu deiner Mutter, deinen Geschwistern. Du bist ja ohnehin oft bei ihnen. Da bist du glücklicher als mit mir."

"Lass mich mitkommen."

"Danke, Nora, aber für den verbleibenden Rest wünsche ich mir ein anderes Leben. Nicht dieses."

"Verlässt du mich?"

"Ich verlasse die Formulare, durch die ich mich bis zum Abend durchackern muss. Ich verlasse diese riesige Stadt, das vollgepfropfte Gedränge, den unerträglichen Lärm. Diese sinnlose Unrast und all die anderen Unsinnigkeiten."

"Und mich?"

"Es hat nichts mit dir zu tun. Dich trifft keine Schuld."

"Warum dann?"

Ohne zu antworten richtete ich mich auf. Eine Weile stand ich ratlos herum. Dann ging ich ans Fenster und schaute hinaus. Es hatte angefangen zu regnen.

"Du hast eine Andere, stimmt's?"

Ich betrachtete die Fotos an der Wand. Das Bücherregal, die Dekosachen, den Tisch und die lange Vase darauf. Ich zog mir die Jacke über und öffnete die Tür. Während ich meine Schuhe anzog, sagte ich laut: 'Drum'. Und dann: 'Bitt'schön'. Ich trat hinaus. Es regnete noch. Die Hände in den Taschen begann ich meinen Streifzug durch die Straßen: 'Macht das verdammte Licht aus!' Ich lachte. Gleich darauf begann ich zu weinen. Meine Tränen rannen mit den Regentropfen an mir herab.

XXXV

"Hier wirst du dich so richtig erholen. Gute Gebirgsluft, gesunde Ernährung."

"Alles ist so, wie ich es mir vorgestellt habe."

"Das freut mich, Liebster. Das ist jetzt unser Zuhause. Du kannst herkommen, wann immer du willst und bleiben, so lange du magst."

"Unser Zuhause, unser Leben. Für eine Weile."

"Ja, zunächst mal für eine Weile."

"Eine relativ lange Zeit, könnte man sagen."

"Ich wäre gern ewig mit dir zusammen."

"Ewig. Ja, ich wünschte auch, es könnte so sein."

"Du hustest schrecklich, Liebster. Schweißgebadet bist du, deine Haare sind ganz verklebt."

Hintereinander gereihte einstöckige Holzhäuser. Eine sattgrüne Pflanzendecke, glückliche Bäume, Brennholz vor den Häusern, auf Nebelhügel kletternde Ziegen und herumlaufende Hütehunde.

Bücher aus früheren Zeiten, Briefe. Ein verzierter Ofen, einige Sessel, ein großer Tisch mit Schnitzereien, eine Kuckucksuhr, ein Spiegel mit Kupferrahmen und ein funktionierender Plattenspieler, verschiedene Schallplatten.

Träge verstreichende friedvolle Minuten, verlangsamte Augenblicke. Ihr Antlitz voller Leben, ihr Duft und ihre süße Stimme.

"Liebster, hör einmal, was ich gerade gelesen habe."

Ich betrachte ihre nackten Füße, die sie auf dem kleinen Tisch vor ihrem Sessel verschränkt hat. Ihre Hand, die die Zeitschrift hält, die Kaffeetasse in der anderen, ihre im Nacken zusammengebundenen dunkelbraunen Haare und ihre strahlenden Augen...

"Ewigkeit besteht aus heutigen Tagen."[7]

Ich spüre, wie eine große Träne meine Nase hinunter rinnt.

Ich stehe langsam auf und gehe zu ihr. Mir wird schwarz vor Augen. Ich suche Halt an der Sessellehne, hauche ihr einen Kuss auf die Wange, fühle die Wärme ihres Gesichts auf meinen Lippen und sage: "Klingt gut."

"Sehr gut, Liebster..."

[7] Emily Dickinson

Gegen Ende der Nacht

Merih Günay

aus dem Türkischen von

Hülya Engin

Genau genommen sind das Schmerzlichste nicht die Enttäuschungen, sondern es ist das Glück, das nicht gelebt wurde, obwohl es möglich gewesen wäre.

Dostojewski

Das Fenster stand offen. Das war das erste, was ich sah. Ich zog die Decke bis über die Nase und spürte die Wärme meines Körpers. Dieses wohlige Erschaudern, mit dem das Leben eine grundlose, aber unanfechtbare Hoffnung suggeriert, schien zu rufen: „He! Es ist nicht so, wie du denkst. Es ist nicht zu Ende. Das Leben geht weiter."

Der Tag war noch nicht angebrochen. Ich drehte den Kopf zur rechten Seite. B. schlief im anderen Bett an der Wand, das Gesicht mir zugewandt.

Ich drehte mich vorsichtig um und betrachtete sie eine Weile. Wie wenige Nächte hatten wir gemeinsam in einem Bett verbracht, dachte ich, unserer emotionalen Intensität zum Trotz. Genau dreizehn Nächte. Dreizehn lange Nächte, eine ungeduldiger und aufregender als die andere, in den letzten sechs Monaten, an unterschiedlichen Orten, verbracht dreizehn Jahre nach dem Kennenlernen. Jetzt aber lag ich in der Almhütte ihrer verstorbenen Großmutter in dem Bett, in dem sie als Kind geschlafen hatte, während sie in deren Bett lag, wie immer in tiefem Schlaf.

Wären ihre Augen geöffnet und hätte sie mich gefragt, ob ich etwas brauche, hätte ich mich zunächst gefreut, dass sie erwacht ist und dann "Mein Schmetterling!" gesagt, „ein halbes Glas warmen Wein, eine einzige Zigarette und Vivaldi, bitte." Sie schlief. Der Schlaf kümmert sich nicht um die Liebe, nicht um Monate und Jahre, auch nicht um den Tod. Ich wurde erfüllt von dem Wunsch, sie zu wecken, sie mit meine Küssen schier zu ersticken. Mit dem Wunsch, ihr die Augen zu öffnen, sie ins Leben zurückzuholen, sie zu mir und unserer Liebe zurückzuholen. Um festzustellen, ob ich in der Lage wäre, mich aufzurichten, kontrollierte ich mit winzigen Bewegungen meinen Körper, und als ich es nicht wagte, legte ich mich notgedrungen wieder auf den Rücken.

Plötzlich prasselte Regen nieder, der sich sogleich in Hagel verwandelte. Die Hagelkörner klopften erst an die Fensterscheiben, dann in das Zimmerinnere. Die Fensterflügel tanzten knarrend im

Wind hin und her und der Vorhang gesellte sich mit seinen Schößen dazu. B. wird diese Laute nicht hören und ich werde nicht aufstehen können, dachte ich und lächelte. Dann hörte der Hagel auf, es donnerte und die in kurzen Abständen zündende Blitze erhellten das Zimmer. Ich drehte den Kopf nach links und rief: „He, mürrischer Alter! Was brummelst du wieder?"

Ihr unschuldiges Gesicht, das in der Helligkeit für Momente zu sehen ist und dann verschwindet. Ihre Erscheinung, die in meinem Geist wandelt, während die reale Entfernung zwischen uns bloß drei Meter beträgt. Ihr warmer Körper, der Flügel bekommt und sich mit einem Satz an mich klebt, als sie mich auf dem Platz zwischen den Leuten ausgemacht hat. Ihre riesigen Augen, die mir tief in die Seele schauen, wenn sie den Kopf hebt, ihre weiche Hand, die mir durch meinen nun gänzlich ergrauten Bart streicht. Die müden Treppen, die wir hinunterlaufen, die Hände so fest ineinander gekettet, dass wir einander bis auf die Knochen spüren. Meine Hände, die in den Wellen ihrer langen Haare baden, während sie in meinen Armen schläft und ihre wütende Stimme, die vor etwa einem Monat in meinem Ohr klang:

„Das Timing. Das Timing war schlecht. Das hast du gesagt, als wir ohnehin mitten in einer anderen Krise steckten!"

„Na und? Was kann uns schon eine einzelne Krise anhaben? Es war ein unschuldiger Wunsch, hättest du ihn erfüllt, hätte sich alles zum Guten gewendet."

„Das hättest du dir überlegen müssen, bevor du 'Verpiss dich!' sagtest!"

„Ich habe es gesagt, weil du so bockig warst!"

„Hättest du dich entschuldigt und den Wunsch höflich geäußert, hätte ich's getan."

„Mich entschuldigen? Du hättest wohl gern, dass ich darum bettele, meine Schöne!"

„Dann eben nicht. In meiner Welt ist das so."

„Ach ja?"

„Ja."

„Dann verpiss dich!"

Das Gewitter hörte auf. Regen setzte wieder ein. Dabei war das Wetter gestern, als wir auf der Alm ankamen, ziemlich gut, klar und mild gewesen. Und ich hatte tagsüber keinerlei Beschwerden gehabt, mit dem in den Abendstunden beginnenden blutigen Husten und dem Schweiß, der mir aus allen Poren, einschließlich der Kopfhaut, brach, fühlte ich mich allmählich völlig entkräftet. B. hatte auf mich eingeredet, zum Krankenhaus zu fahren, aber weil ich wusste, dass sie mich dabehalten hätten, hatte ich sie mit Mühe und Not überreden können, es auf den nächsten Morgen zu verschieben.

„Es ist vorbei. Ich verlasse dich!"

„Nur zu. Geh zum Teufel."

„Wie kann man es so erschweren, eine Beziehung aufrechtzuerhalten? Du hältst die Liebe wohl für Krieg oder so was."

„Und du wahrscheinlich für Kinderspiel."

„Unverschämt! Mein Leben ist nicht dein Schlachtfeld, taktloser Kerl!"

„Hau ab, hab ich gesagt!"

Nach ihrer Ansicht sind auf unseren Karten unsere Monde entgegengesetzt. Das sorgt für reichlich Zündstoff. Auseinandersetzungen sind unvermeidlich. Und zwar auf ewig. Ständig haben wir versucht, einander umzukrempeln, den Anderen so zu machen, wie wir selbst sind.

Und sind dabei nicht einen Deut weitergekommen.

„Unsere emotionalen Bedürfnisse sind unterschiedlich. Unmöglich, einander zu verstehen, einen gemeinsamen Nenner zu finden ..."

„Hätten wir's doch beim Alten belassen. Wären Freunde geblieben."

„Du bereust es also ..."

„Natürlich bereue ich es. Als ob du sehr zufrieden wärest!"

„Natürlich bin ich über die Komplikationen, die du grundlos verursachst, nicht erfreut."

„Grundlos, ja? Wir geraten wegen der kindischen Nichtigkeiten aneinander, die du vom Zaun brichst!"

„Von wegen! Ich mache nichts falsch. Das ist alles wegen all dem, was es nur in deiner Einbildung gibt."

Sie schläft. Jetzt nimmt sie den Regen nicht wahr, mich nicht, das offene Fenster, das Leben nicht. In diesem Augenblick haben unsere Reibereien keine Bedeutung für sie, auch unser Zusammensein nicht. All dem ist sie verschlossen. Gewitter,

Wolken, Licht und Wind gibt es nicht... Bin ich es wirklich, der sich Dinge einbildet, die es in Wirklichkeit nicht gibt?

Ein Frösteln erfasst, von den Armen ausgehend, meinen geschwächten Körper. Ich weiß, was folgen wird. Mit Mühe drehe ich mich bäuchlings, verschränke die Arme unter dem Kopf und warte mit geschlossenen Augen und überreizten Nerven ab. Nach den vor meinem geistigen Auge erscheinenden wirren Bildern sehe ich nun ganz deutlich das Haus von König und die Menschenmenge davor. Es ist der Tag seiner Beisetzung. Zwei weiß gewandete Imame sprechen mit ihren gewaltigen Stimmen Gebete. Seine Mutter und Schwestern stehen dicht beieinander und weinen. In der Menge suchen meine Augen seinen Bruder. Er steht am Fenster seines Zimmers im oberen Stockwerk und ruft den Imamen zu: „Kennt ihr die Worte Bahçevans? Von Zeki Müren gesungen?" Er ist betrunken. Die Schwestern eilen ins Haus. Etwas später sehe ich, wie sie ihn an den Armen vom Fenster wegzuzerren versuchen. Er hält sich mit der ganzen Kraft seines mächtigen Leibes am Fensterrahmen fest und schreit gegen die Wolken: „Ich war doch dran! Die Reihe war doch an mir!". Er weint bitterlich. Ich friere. Dann sehe ich hoch oben das Gesicht von König, er lächelt. „Merih", ruft er. „Wir trinken mit Nuri Baba Raki, komm her, mein Sohn." In seinem dunkelblau gestreiften T-Shirt und seiner weißen Jacke, die er sommers wie winters trägt, sieht er sehr zufrieden aus. Der Geruch von Anis dringt mir sogleich in die Nase. Ach, wenn B. die Augen aufmachte und sich an mich schmiegte, dann würde ich sie um Raki bitten und eine Zigarette, geht mir durch den Kopf. Ach, wenn sie sich sofort zu mir legte, kaum dass sie erwacht ... Wenn ich die Muttermale auf ihrem Rücken streichelte und mit der anderen Hand ihr duftendes Haar. „Hier ist es sehr schön", höre ich dann jemanden sagen. Es ist die Stimme von König. Er ruft mich dorthin, wo er jetzt ist. Schweiß strömt mir vom ganzen Körper, Laken und Kissen sind völlig durchweicht ... „Aber", murmele ich, „Ich bin doch erst so kurz mit ihr zusammen ..." Der Regen peitscht stärker gegen das Holzfenster, das wieder zu knarren beginnt. „Ich kann nicht genug bekommen von ihrer silberhellen Stimme, ihrem sonnigen Lachen, ihren verträumten Blicken." Gleich darauf sehe ich mich selbst, an einem Treppenabsatz zusammengekauert, den Kopf auf den Knien. Ich bin klein. Über mir ein Mann: „Was hast du, Junge?", fragt er. „Sind deine Eltern getrennt?" Nein, sind sie nicht. Ich bin es, der getrennt ist. Getrennt von allen, von allem, jawohl. Ich weine. „Hast du kein Geld?" fragt er. Doch, hab ich. In der Tasche habe ich ein ganzes Bündel davon, das ich mir durch ehrliche Arbeit verdient habe und das ich Tag und Nacht am Leibe trage, damit es mir nicht gestohlen wird. „Was ist es dann?", fragt der Mann. „Warum weinst du?" Plötzlich werde ich auf einen schwachen Laut aufmerksam, der durch das Fenster dringt. Ich höre auf zu weinen und lausche. Ein Cello. Ich lächle. Ich wende mich ihr zu und frage: „Magst du eigentlich klassische Musik?"

Ohne die Augen aufzuschlagen, sagt sie: „Nein, überhaupt nicht."

„Hätte mich auch gewundert! Was haben wir schon gemeinsam!" brülle ich und spreche dann im Bett weiter zu mir:

„Hast du keinen anderen als mich gefunden in dieser verdammten Welt!"

„Und du!", sagt sie: „Was zum Teufel willst du mit mir?"

„Ich kannte dich nur flüchtig. Ich wusste nicht, dass du so bist."

„Nun hast du mich gut genug kennengelernt. Du kannst es lassen, wenn du magst."

„Wenn ich's könnte, würde ich's auch. Warum probierst du es nicht?"

„Ich hab's so oft schon probiert. Ich kann ohne dich nicht sein."

„Was ist denn, wenn ich nicht da bin?"

„Mir ist traurig zumute. Ich vermisse dich ..."

Wir stehen uns in der Mitte des Zimmers gegenüber. Es ist unser letztes Treffen, bevor wir hierher kamen, die dreizehnte Nacht. Sie trägt ein strahlend weißes, kurzärmeliges, gerade geschnittenes, knielanges Kleid. Um ihren Hals eine Kette, die so lang ist wie ihr Haar, ihre freien Arme, ihr mondhelle Haut und ihr Duft, der mich betört. Ich schmiege mich an sie und nehme ihren schönen Körper zwischen meine Arme. Erregt erwidert sie meine Umarmung. Dann halte ich ihr Gesicht mit beiden Händen fest und hebe ihren Kopf leicht nach oben. Ich grabe meine Hände in ihr Haar und strecke mich nach ihren vollen Lippen. Ihr warmer Atem bewegt sich ungeduldig in meinem Mund. Dann ziehe ich meine Hände aus ihrem Haar und führe sie an ihre Schultern. Und dann noch weiter abwärts. Unter ihrem dünnen Kleid fühle ich die Wärme ihrer Haut. Meine Hände gehen ohne Eile auf ihrem Körper spazieren, der mich immer begehrt. Plötzlich nimmt sie meine Unterlippe zwischen ihre Zähne, zieht daran wie an Kaugummi. Ich weiche kaum merklich zurück und frage lächelnd: „Was machst du?" „Ich liebe dich ganz furchtbar", haucht sie.

Voller Angst hebe ich den Kopf und wende mich B. zu. Da liegt sie. Sie schläft in unveränderter Stellung. Gott sei Dank, wir sind tatsächlich zusammen ... Es ist immer noch dunkel. Die Außenzeit vergeht sehr viel langsamer als die in meinem Geist. Hätte ich die Kraft, zu ihr zu gehen, würde ich vor ihrem Bett knien und ihr schönes Gesicht streicheln, denke ich. Sie langsam küssen, ihr über das Haar streichen, wie ich es immer tue. Denn in kaum einer unserer gemeinsam verbrachten Nächte habe ich auch nur eine Minute geschlafen. Bis zum Morgen habe ich sie voller Bewunderung betrachtet und liebkost. Weder Müdigkeit noch mein Rausch konnten mich daran hindern. Mein Leben lang habe ich sowieso nicht viel besessen, aber diesmal habe ich alles aufgegeben und bin zu ihr gekommen. Unumkehrbar sogar. Erstaunlich für einen Feigling wie mich.

„Wir geben einander Kraft, Liebling."

Wach auf ... Ich sehne mich nach dem Strahlen deiner Augen. Deinem Lebenslicht, dem einzigartigen Ton deiner Stimme, deinen originellen Sätzen, dem Klappern deiner Hausschuhe, wenn du im Zimmer herumgehst.

„Was ist denn so originell an meinen Sätzen?"

„Nahezu alles. Wenn du nicht wärest, gäbe es diese Bücher nicht."

Ein Lächeln umspielt ihre Augen. Ein wenig verlegen. „Übertreib nicht", sagt sie. „Es ist deine Begabung."

„Nein, ist es nicht. Bis du kamst, habe ich all die Jahre nicht eine einzige Zeile geschrieben, wie du weißt."

„Aber vor mir hast du auch schon geschrieben. Du tust dir Unrecht."

„Ja, aber das war vorbei. Es kam nichts nach. Und außerdem mochtest du es nicht besonders."

„Das habe ich niemals gesagt. Deine Feder hat etwas Gnadenloses, das stimmt. Ich kann auch verstehen, warum du Anerkennung findest. Ich bin mir des Wohlklangs deiner Worte und der Klugheit, die ihnen zugrundeliegt, bewusst. Es sind nur mir sehr, sehr fremde Gefühle."

„Weil du in einer bunten Welt bist. Du interessierst dich nicht für die Probleme des Planeten und der Menschheit. Hunger, Armut, Not kümmern dich nicht die Bohne. Du bist in deiner kleinen, heilen Welt glücklich. Du weißt weder, was Schmerz bedeutet noch Verzweiflung. All das existiert für dich gar nicht."

„Ach ja?"

„Ja, klar. Für dich spielt beispielsweise der Egoismus der Leute, mit denen du dich umgibst, keine Rolle. Du störst dich nicht an ihrer Scheinheiligkeit, ihrer Falschheit."

„Nicht mein Problem. So halte ich es eben in meinen zwischenmenschlichen Beziehungen."

„Ich weiß. Du hältst dich aus allem raus. Erst recht, wenn's um Politik geht. Komme was wolle, du willst dir alle Menschen, die in dein Leben getreten sind, erhalten. Deswegen bist du ja auch so beliebt."

„Mag sein. Was ist daran falsch?"

„Für dich natürlich nichts. Meine Gedanken haben bei dir keine Entsprechung. Ihr nährt euch gegenseitig mit euren heuchlerischen und eigennützigen Leben."

„Das ist deine Sicht der Dinge. Ich bin äußerst zufrieden mit mir, sehe keinerlei Veranlassung, mich zu ändern."

„Du kannst dich auch gar nicht verändern. Du bist, wie du bist!"

Wach auf, Liebste. Ich sehne mich nach unseren Zankereien. Danach, einander bis aufs Messer zu quälen, im Affekt drauflos zu sagen, was uns in den Sinn kommt und einander zu verletzen ...

„Du nennst mich also charakterlos."

„Das habe ich nicht gesagt. Ich sage, dass es Wesensarten an dir gibt, die ich nicht mag."

„Was willst du dann mit mir? Geh zu deinen ehemaligen Nutten, die dir jeden Wunsch von den Augen ablesen!"

„Ich hab's dir tausendmal gesagt. Außer dir wird es keine andere geben für mich."

„Ja, ja. So wird sein."

„Du bist meine Endstation ... Begreifst du das nicht?"

Erschöpft von den unangebrachten Streifzügen meines Geistes lege ich mich hoffnungslos wieder auf den Bauch. Der Regen hat wohl aufgehört, es ist nichts zu hören. Es wird einfach nicht hell. Ich bin ungeduldig. „Wach auf, meine Perle, mir scheint, dass wir nicht mehr viel Zeit haben ..." Meine Augen inspizieren das nassgeschwitzte Kissen.

Ich führe den Zeigefinger an die Nase, um mich zu vergewissern, ob die dunkelroten Flecken darauf Einbildung sind oder nicht. Als ich den feucht gewordenen Finger an die Augen führe und ganz sicher bin, verziehe ich das Gesicht. Ich bin völlig entkräftet. Als ich die Augen schließe, erscheint Suzis Bild vor mir. Wir stehen im Büro im dritten Stock des historischen Geschäftshauses auf der Babıali Caddesi. Suzi hat ihre Vorderpfoten auf meine Brust gelegt und leckt mir die Tränen ab. „Suzi, Süße", sage ich, „es gibt nur noch uns. Alle anderen sind weg ..." Sechs Monate nach dem großen Erdbeben. Ich bin noch keine dreißig. „Und heute Abend gehst du auch fort", sage ich. „Deine neuen Herrchen haben ein großes Haus. Dort wirst du glücklicher sein." Ich streichle ihr über ihr langes, rötliches, sauberes Fell. „Und einen Garten haben sie auch", sage ich zärtlich. „Da kannst du den ganzen Tag mit den Kindern herumtollen." Sie leckt ohne Unterlass mein Gesicht ab. Mein Blick fällt auf die Veilchen auf den breiten Fensterbänken des Büros, auf die Kakteen, die ich gehegt und gepflegt habe, die Begonien. Nachdem ich Suzi vorsichtig abgesetzt habe, suchen meine vom hineindringenden Sonnenschein zusammengekniffenen Augen den langen Gang ab und bleiben an den leeren Tischen und Sesseln heften, die noch im durch die Gerichtsvollzieher geräumten Büro stehen. „Turgay ist nicht mehr da", sage ich vor mich hin, „Osman auch nicht, Jihad, Melih, Ufuk, Toluk Bek,Fatoş, Efraim auch nicht ..." Mein Blick fällt auf die leere Schallplattenhülle auf einem der Tische, auf einem anderen ist ein gelbes Namensschild, einige Stifte, ein paar zerstreute Blätter. „Weg sind sie", sage ich zu Suzi, die mit feuchten Augen aufmerksam in meinem Gesicht zu lesen versucht. „Einer nach dem anderen sind sie gegangen. Nur du und ich sind noch da." Sie streckt den Kopf, schiebt die Vorderpfoten vor und jault lange und leidvoll.

Röchelnd mache ich die Augen auf. Es ist immer noch still, kein einziger Laut. Es sind wohl nur wenige Minuten vergangen. Gleichgültig sehe ich vom Bett aus auf das offene Fenster. Kurze Zeit später sehe ich die Silhouette einer Frau in weißem Nachthemd ins Zimmer gleiten. Das muss ein Engel sein, denke ich, gekommen, um mich zu holen, während sie auf mich zu kommt, zu meiner Rechten stehenbleibt und mir einen Kuss auf die Wange haucht, nachdem sie die Decke mit ihren feingliedrigen Fingern nach oben gezogen hat. „Du bist krank", flüstert sie. „Du darfst dich nicht erkälten." Ihre zärtliche Stimme, kurzes, glattes, schwarzes Haar und ein Lächeln im Gesicht. Es ist Şule. Voller Staunen frage ich: „Şule Abla, bist du es?" und sehe sie durch das Fenster davonschweben, während ich mich aufzurichten versuche.

Wir sitzen in einem schwarzen Mercedes. Winter 1983. Es ist der Wagen von Doktor Necati. Neben ihm sitzt der Mann meiner Tante, ein Richter, ich bin auf dem Rücksitz. Beide tragen dunkle Anzüge. Auf einer verschneiten Straße fahren wir von Kadınhanı nach Istanbul. Klirrende Kälte. Der Mann meiner Tante weint schluchzend. „Sie war doch erst achtzehn", sagt er. „In der Blüte ihrer Jugend. Meine schöne Tochter." Necati Abi rast schweigend. Als habe es ihm die Sprache verschlagen, auf dem versteinerten Gesicht ein Ausdruck von Ungläubigkeit. In diesem Augenblick erst begreife ich, schlaftrunken ins Auto gesetzt, dass meine Kusine, nur einige Jahre älter als ich, gestorben sein muss. Es ist halb vier in der Nacht. Wir fahren zu ihrer Beisetzung. Ein Schmerz setzt sich auf meinen Brustkorb.

Schweißüberströmt wälze ich mich im Bett hin und her. „Zieh die Decke über die Brust!", höre ich nun jemanden rufen, es ist die Stimme meiner Mutter. Wir sind in der Wohnung in Haznedar. Das ist die Wohnung in der Kınalı Caddesi, in der Şule ihre letzten Monate mit der elenden Leukämie verbrachte und ich meine Kindheit. Mutter mummelte mich dick ein, wenn sie mich morgens zur Schule schickte und schärfte mir ein, mir bloß nicht die Lungen zu verkühlen. Gleich darauf höre ich die unheilvollen Sirenen. Ich bin auf der Liege im Krankenwagen. Ich habe heftige

Schmerzen in der Brust. Im Krankenhaus in Çapa bekomme ich sofort eine

Infusion, als ich auf der Intensivstation der Kinderabteilung unter das Sauerstoffzelt gelegt werde. Ein geschäftiges Treiben um mich herum. Eine tiefe Stimme höre ich zu den Leuten, die hinter uns ins Zimmer drängen, sagen, dass sie sich keine großen Hoffnungen machen sollen: „Dieses Bett hat leider seit langem niemand lebend verlassen".

Ein Rascheln. Ich blicke schnell zu B. hinüber und sehe, wie sie sich zur Wand dreht. In der Dunkelheit betrachte ich sehnsüchtig ihren Hinterkopf mit dem dunkelbraunen Haar und die Umrisse ihres grazilen Körpers unter der raschelnden Decke.

„Lass endlich die Finger davon. Du dürftest nicht mal in einem Raum sein, in dem geraucht wird, geschweige denn selbst rauchen. Merkst du nicht, wie ernst es um dich steht?"

„Ist es denn so erstrebenswert, länger zu leben?"

„Was soll das denn heißen? Ich denke gar nicht daran, dich zu verlieren, wo ich dich nach so vielen Jahren wiedergefunden habe, Süßer." „Du redest, als ob wir es miteinander aushalten könnten."

Sie überhört meine Bemerkung, dreht den Fernseher lauter und singt mit weit aufgerissenen Augen mit:

'alone tonight, alone tonight, alone tonight...'

„Schreckliche Schnulze", sage ich lächelnd. „Ja, aber sehr rhythmisch", sagt sie, den Kopf hin und her wiegend. „Ich kann nicht anders!"

alone tonight alone tonight alone tonight...

Dein Foto an der Wand. Wie schön du bist. Während du auf dem bunt geblümten Kissen der an einer zwischen zwei Bäumen angebrachten Kette befestigten, mit kunterbunten Bändern geschmückten Hängematte fröhlich schaukelst, lässt du all den ohrenbetäubenden Lärm der Welt mit einem einzigen deiner Blicke verstummen und verwandelst alle Orte, an denen du bist, in einen friedlichen Spielplatz.

„Bist du eigentlich real?"

„Ha, ha. Was soll das heißen?"

„Weiß nicht. Ich meine, du bist so anders. Bei unserem ersten Treffen am Eingang zum Bahnhof hatte ich erwartet, dass statt deiner ein Smartphone auf zwei Beinen daherkommt."

„Ha, ha. Du spinnst ja."

„Vorsicht, hätte ich dann gerufen und voller Sorge auf die Füße der aussteigenden Reisenden geachtet, zertretet meine Liebste bloß nicht!"

„Ha ha ha."

„Ich stelle mir das so vor: Du trägst ein kleines Hütchen mit weißen Margeriten darauf, siehst zwischen den Beinen der Leute hoch und wedelst mit beiden Armen, damit ich dich da unten entdecke."

"Ha ha. Du bist süß!"

Deine Worte kann ich nicht aus meinem Hirn verbannen, dein schallendes Lachen hallt in meinem Ohr. Wach doch auf ... Vor einigen Monaten. Früher Abend. Wir sitzen in der Alice-Bar. Zu fünft. Ich, B. und drei ihrer Freundinnen. Wir trinken Bier. Das sind ihre ersten Freundinnen, denen sie mich vorstellt. Wegen meiner Verschlossenheit ist sie ein wenig angespannt. Es ist meine Feuertaufe. Eine von ihnen, mir scheint sie die jüngste zu sein, bricht das Schweigen und fragt in einem etwas argwöhnischen Ton: „Wie lebt es sich denn so mit B.?". Ohne zu überlegen antworte ich: „Die Zeit davor war eine große Leere, ein unbedeutendes Stück Leben."

Letztes Jahr um dieselbe Zeit. Ich werfe einen Blick in das Rennbulletin auf meinem Tisch im Büro. König sitzt in dem Sessel mir gegenüber und sieht unter seinen dicken Brillengläsern hindurch in das Programm der Zeitung, die er hält. Nachdem er Unverständliches vor sich hin brummt, fragt er: „Was sagst du zu dem Pferd, das Koçkaya reitet? Ist das was für 'ne Einzelwette?" „Der heißt nicht Koçkaya", sage ich schmunzelnd, „sondern Kocakaya." Wütend steht er auf, wedelt mit der Zeitung in der

Hand in meine Richtung und schreit: „Ich spiele dieses Spiel länger, als du alt bist, du Lümmel!" „Ja, aber du sprichst den Namen falsch aus", sage ich. „Nicht Koçkaya. Kocakaya."

„Gewinnen Buchstaben das Rennen, Junge?"

„Trotzdem. Sag den Namen richtig."

Er beruhigt sich und setzt sich wieder hin. Seine Augen gehen zwischen den Pferden hin und her. „Und was ist mit Arto Baba?" frage ich. „Was soll mit dem sein", sagt er, „der verlässt seine Bude nicht."

„Was macht er denn da den ganzen Tag?"

„Was schon. Saufen."

„Was ist sein Problem?"

Er lässt die Zeitung sinken und sieht mich an. Nach einem tiefen Seufzer sagt er: „Der Tod seines Bruders hat ihn aus der Bahn geworfen. Ich war doch dran, sagt er die ganze Zeit. Er hat es immer noch nicht verarbeitet."

„Du bist der mittlere, ja?"

„Wenn man nur die Jungs zählt, ja."

"Und wer versorgt ihn mit Alkohol?"

„Ich natürlich, wer sonst. Und seinen Kupon gebe ich auch jeden Tag ab."

„Und? Gewinnt er wenigstens ab und zu?"

„Ach wo. Der und gewinnen. Nicht die Bohne. Das Geld ist immer für die Tonne."

„Man nennt dich nicht umsonst König. Wenn dir was zustieße, wäre er aufgeschmissen."

„Gott behüte, Junge!"

Zwei Tage nach dem Tod von König. Wir sind in Arto Babas Zimmer.

Ich, Baki Utku und Fatih Koç. Zeki Mürens Gesang aus dem Kassettenrecorder auf dem Boden und die im Erdgeschoss stattfindende

Koran-Rezitation mischen sich in unseren Ohren. Baki und Fatih kennen Arto Baba schon sehr lange, ich begegne ihm zum ersten Mal. Was ich von ihnen hörte, ist: Pensionierter Hofbeamter, seit einigen Jahren verwitwet, eine verheiratete-Tochter. Sie leben mit ihrer über neunzigjährigen Mutter, zwei unverheirateten Schwestern, und bis gestern auch mit König, in diesem Haus, in dem sie zur Welt kamen. Auch der Vater war pensionierter Hofbeamter. Eine der ältesten Familien im Viertel.

„Du bist also Merih ... Königs Freund."

„Ja."

„Er mochte dich sehr."

Er nimmt das halbvolle Raki-Glas vom Teppich und leert es in einem Zug. Gleich danach beginnt er schluchzend zu weinen: „Ich wäre dran gewesen! Ich wäre dran gewesen!" In diesem Augenblick tritt ein junger Mann ein, ein Schönling. Der Schwiegersohn, wie ich später erfahre. Er fuchtelt mit der rechten Hand herum und weist ihn zurecht: „Schämst du dich nicht! Dein Bruder ist gestorben. Sauf doch wenigstens heute nicht!" Während Arto Baba sich aus der Literflasche wieder einschenkt, verzieht der Schwiegersohn missbilligend den Mund und schimpft weiter: „Du bist so peinlich. Du blamierst uns vor allen Leuten!" Arto fragt, nachdem er kurz mit dem Schluchzen aufhört, um das Glas zu füllen: „Ist mein Bruder gestorben?" Wir sind verwirrt. Der Schwiegersohn sagt: „Ja. Gestern ist auch dein zweiter Bruder gestorben!" Nachdem er den Kopf in den Nacken geworfen und das Glas halb ausgetrunken und sich den Mund mit dem Handrücken abgewischt hat, sagt er: „Wenn das so ist: Verpiss dich jetzt!"

„Werde endlich hell, worauf wartest du? Hast du nicht genug Blut gesehen für diese Nacht!" So spreche ich vor mich hin, während ich mit meiner Hand über das Kissen streiche, als suchte ich etwas. „Ich kenne kaum jemanden, der das Türkische so vollendet sprach wie er", sage ich.

„Seine Betonungen, seine spontanen Formulierungen waren außergewöhnlich. Er hätte Theaterschauspieler werden sollen." Anschließend höre ich B.s süße Stimme in meinem Ohr:

„Ach, hättest du ihn nur früher kennengelernt, Liebster. Und dann, was ist dann passiert?"

„Der Bräutigam ging wütend hinaus. Als wir aufbrechen wollten, bat Arto uns mit einer Geste zu bleiben, so dass wir uns wieder hinsetzten. Dann heulte er wieder ein bisschen herum, um gleich darauf das Glas in einem Schluck zu leeren, hielt mir Papier und Stift hin und bat mich, meine Telefonnummer aufzuschreiben."

„Sie können mich jederzeit anrufen, wenn Sie etwas brauchen, Arto Bey. Was auch immer. Bitte keine falsche Scheu. Wir sind Nachbarn."

„Danke. Von nun auch bist auch du mein Bruder."

„Selbstverständlich."

„Und? Hat er dich angerufen?"

„Hat er. Am gleichen Abend, einige Stunden später. Ich hatte Feierabend und war auf dem Weg nach Hause. Als ich gerade an unserem Wettbüro vorbeiging, klingelte das Telefon. „Hallo. Ich bin's, Arto. Ich gebe den Jackpot durch." „Ich glaube, Sie haben sich verwählt", sagte ich und legte auf.

„Ha ha ha."

„Selçuk saß auf einem der Stühle am Eingang. Als ich ihm von dem Gespräch erzählte, hat er sich schief gelacht und es mich mehrmals wiederholen lassen. „

„Was hat er gesagt? Was hat er gesagt?"

„Hallo. Ich bin's, Arto. Ich gebe den Jackpot durch."

„Ha ha ha."

„Der wird mich noch überleben, ich sag's dir ..."

„Ha ha ha."

Wach doch auf, meine Schöne. Viel Schweiß habe ich vergossen und ein wenig Blut. Ich bin erschöpft. Wasche mich, reinige mich ...

„Ach, hast du geschwitzt, Liebster? Warte, ich wechsle sofort deine Wäsche. Warum hast du mich nicht geweckt?"

„Die Bude war voll, Liebste. Ich habe gewartet, bis sie weg sind."

„So, so. Ich habe nichts gehört. Wer war denn alles da?"

„Sule Abla kam vorbei, deckte mich zu und ging."

„Lieb von ihr. Wer noch?"

„König, Nuri Baba, Arto, Baki Utku, Fatih Koç, Selçuk vom Wettbüro."

„Oh, das waren aber wirklich viele."

„Turgay, Osman, Ufuk, Melih, Toluk Bek, Jihad, Efraim, Fatoş."

„Hattet ihre eine gute Zeit miteinander, mein Schatz?"

„Der Mann meiner Tante, Doktor Necati, Mutter."

„In der Küche war noch Künefe. Warum hast du ihnen nichts davon angeboten?"

„Suzi war auch da."

„Knochen müssten auch noch da sein vom Abendessen."

17 August 1999. Stolz lese ich die Firmenschilder der nebeneinander stehenden Touristenbusse auf dem Parkplatz des Topkapı Palastes. Turgay unterhält sich mit den Fahrern. Ich gehe zu ihnen und frage, wie viele Personen ausgestiegen sind. „330", sagt Turgay. „Sehr gut!" sage ich. „Bis Ende Oktober sollten wir nicht drunter liegen." Er lächelt. „Werden wir nicht. Mit Gottes Hilfe", sagt er.

„Wir haben viel investiert, Turgay. Bis auf den letzten Kurusch haben wir alles in die Hotels investiert."

„Enorm verschuldet haben wir uns auch, aber kein Problem. Es läuft." „Turgay, das Geld habe ich mir, seit ich Kind bin, vom Munde abgespart."

„Ich weiß ..."

„Kurusch für Kurusch habe ich's beiseite gelegt, hab auf Stühlen geschlafen ..."

„Ab jetzt wirst du es gut haben", sagt er mit seiner vertrauenerweckenden Stimme. „Das Schwierigste haben wir hinter uns. Wenn wir diese Saison überleben, kann uns nichts mehr aufhalten."

„Die Kreditkarten machen mir Sorgen. Alle haben wir aufgebraucht."

„Eine Reservation jagt die andere", sagt er. „Kein Anlass zur Sorge."

„Muss ja auch", sage ich. „So viele Kataloge, wie wir haben drucken lassen. Und in alle Welt verschickt, an alle möglichen Agenturen eigenhändig verteilt."

„Wir sind in aller Munde. Aus welchem Loch sind die denn gekrochen, wundern die sich."

„Aus dem gleichen wie ihr auch, hättest du sagen sollen!"

Er kichert.

„Wo ist Jihad?", frage ich. „Er hatte die marokkanische Gruppe übernommen", sagt er. „Da drin."

„Und Osman?"

„Ist mit Ufuk zusammen", sagt er. „Klappern die Hotels ab."

„Sollen alle reservieren bis zum Saisonende, wenn sie einen guten Preis rausschlagen. Sollen die Schecks abgeben."

„Sag ich ihm. Keine Sorge."

„Gut", sage ich. „Ich gehe mal Suzi holen. Die hockt da immer noch in dem heißen Büro."

„Wach auf", sagt eine aufgeregte Frauenstimme. „Schnell. Steh auf!"

Turgays Stimme und die der Frau überlagern sich. Ich werde unruhig.

„Wird am Fenster nach dir Ausschau halten."

„Steh auf. Wach auf."

„Wird die Zunge rausgestreckt haben und hechelnd die Passanten beobachten."

„Ein Erdbeben, steh auf!"

Als ich die Augen aufmache, sehe ich Nora, wie sie mich im Bett an den Schultern schüttelt, wie der Leuchter über uns in weitem Bogen hin und her schaukelt und scheppert und der Kleiderschrank auf uns zu und wieder zurück wankt. „Schnell!", wiederholt Nora. „Ein Erdbeben, steh auf!" Im Dunkeln ziehe ich mich hastig an, wir sehen zu, dass wir schnell das Haus verlassen und mischen wir uns unter die auf dem offenen Gelände am Eingang zum Metro-Kaufhaus versammelte Menschenmenge. Der Strom ist ausgefallen, die Telefone funktionieren nicht. Das Weinen der Kinder, die man Hals über Kopf aus dem Schlaf gerissen hat, die Sirenen der vorbei brausenden Feuerwehrwagen, Krankenwagen und Streifenwagen hallen in der Dunkelheit der

Nacht... „Richte dich auf, Liebster. Lass uns erst dein Unterhemd wechseln", höre ich ihre imaginäre Stimme zu meiner Beruhigung sagen, fühle mich geborgen und immerhin ein wenig sicherer und schlafe erneut ein.

Als ich am nächsten Morgen ins Büro gehe, ist das erste, was ich sehe, das Faxpapier mit den Reservationsstornierungen, das sich auf dem Boden schlängelt ... Erst da begreife ich, was Nora vor einigen Stunden gesagt hatte.

„Jetzt können wir erst mal die Touristen vergessen."

„Warum?"

„Das Erdbeben! Die werden Angst haben, dass es Nachbeben gibt."

„Dann ist das unser Ende."

„Warum denn?"

„Was für ein Schweiß, Liebster. Als hättest du die ganze Nacht im Regen gestanden. Das Laken müssen wir auch wechseln, kannst du dich ein wenig aufrichten? Warum hast du mich nicht gerufen..."

Warum, warum ... Als ob es einen Grund gäbe. Weil wir uns bis zum Hals verschuldet haben. Kredite, Checks, Kreditkarten ...

„Das sind Touristen. Die hängen am Leben. Sollen sie halt nächstes Jahr wiederkommen."

„Hältst du es eine Weile so aus? Oder leg dich solange in mein Bett, bis ich die Bettwäsche gewechselt habe, wenn du magst."

„Unmöglich, das kann ich nicht! Hast du ne Ahnung, was Verzugszinsen bedeuten?"

Während ich mich, im Fieber delirierend, hin und her wälze, macht die Beklemmung meines Herzens einer plötzlichen Erleichterung Platz. Ich spüre, wie meine Lippen ein angenehmes Lächeln formen. Anschließend höre ich B.s Stimme noch einmal fragen: „Warum lächelst du, Liebster?" Eine Woche nach Königs unerwartetem Tod. Am Schalter des Wettbüros stehen ungewohnt viele Menschen herum. Lautes Gelächter und Gefeixe prallt wie eine Billardkugel von einer Wand zur anderen, um sich dann auf die staubige Straße zu ergießen. Die Vorübergehenden werfen neugierig einen flüchtigen Blick hinein, ohne stehenzubleiben. Auf dem Bildschirm hinter der Empfangstheke läuft etwas, das sich alle ansehen. Selçuk sieht mich unschlüssig an der Tür stehen und winkt mich hinein. Ich stütze die Ellbogen an eine freie Stelle der Theke, strecke den Kopf vor, um mit meinen schlechten Augen die Personen zu erkennen, die auf dem kleinen Bildschirm zu sehen sind. „König, König!" ruft Selçuk, als er bemerkt, dass ich nichts erkenne: „Sein letztes Video!"

Das Veliefendi Hippodrom. König steht da, mit einem großen Plastikbecher Bier in der Hand, zwischen zwei seiner Kumpel, hat die andere Hand von sich gestreckt, wedelt mit seinem Kupon hin und her und ruft aus vollem Hals den Pferden auf der Zielgeraden zu:

„Lauf, Nummer 8, lauf! Mach schon!"

"13 kommt", sagt der Kumpel rechts. „der lässt ihn kalt aussehen."

„Soll der doch ruhig kommen, Mann", sagt König, „den hab ich auch drauf."

Die Leute an der Theke biegen sich vor Lachen.

König brüllt nun einem anderen Pferd zu, das aufholt. „Nu lauf schon, Nummer 1!"

Selçuk prustet los.

„Nummer 9 hat einen Gang zugelegt", sagt der Kumpel links.

„Und wenn schon", sagt König. „Den hab ich auch drauf."

Das ganze Wettbüro grölt vor Lachen.

Die erregte Stimme des Rennsprechers lenkt die Aufmerksamkeit auf Pferd Nummer 4. „Ja!", sagt König, „lauf mein Löwe, lauf Nummer 4!"

„Steht der etwa auch auf deinem Kupon?" fragt einer der Kumpel. König antwortet: „Na klar, Mann." Und wieder brüllen alle los...

Sobald die Pferde, unter großem Gemurmel der Tribünen eines nach dem anderen über die Ziellinie gelaufen sind, beruhigt sich das Publikum abrupt. König hält sich den Kupon unter die Nase, sieht ihn lange an, verzieht das Gesicht, murmelt: „Das hab ich verkackt, verdammte Scheiße!" und zerreißt den Zettel in kleine Fetzen. „Wie vergeigt?", fragen ihn seine Begleiter erstaunt, „wo du doch sämtliche Pferde aufgezählt hast!"

Während wir in dem Aparthotel, in dem abgestiegen sind, an der kleinen Küchenzeile unseres Zimmers das Abendessen zubereiten, hört sie mir zu, wie ich all das erzähle und bricht nach meinem letzten Satz in ihr berühmtes schallendes Lachen aus. Etwas später frage ich „Du weißt, dass das unsere dreizehnte Nacht ist, oder?" „Ja", antwortet sie, „unsere Zahl."

„Ich denke, dass sich nach dieser Nacht einiges verändern wird", fahre ich fort. „Zu unseren Gunsten."

„Hast du unsere Zimmernummer gesehen?", fragt sie schmunzelnd.

„Nein", sage ich. „Welche Nummer haben wir?"

Sie antwortet nicht.

Ich stehe auf und sehe mir den Schlüssel an, der auf der Kommode liegt.

„Ich glaub's nicht!", rufe ich und halte den Schlüssel hoch.

"Doch", sagt sie. „1313."

„Selbst wenn wir danach gesucht hätten, hätten wir die Zahl nicht erwischt", sage ich. „Im Allgemeinen sind die Hotelzimmernummern doch dreistellig."

„Ja", bestätigt sie mich, während ihre Augen irgend etwas im Küchenschrank suchen. „Es ist wirklich sehr seltsam."

Auf dem Laptop, den sie mitgebracht hat, suche ich die Numerologie der 1313 und lese laut vor.

Das Universum gewährt Ihnen die Chance, einen Neuanfang zu machen und aus den Fehler der Vergangenheit zu lernen.

Das ist für Sie eine Gelegenheit, Dinge loszulassen, die Sie daran hindern, eine gute Zukunft aufzubauen. Ihre Schutzengel sagen Ihnen, dass es nicht sinnvoll ist, an immer den gleichen Dingen festzuhalten. Denn Sie sind es wert, eine neue Chance für das Glück zu erhalten.

„Hm", sagt sie. „Klingt gut, lies weiter."

Fürchten Sie sich nicht vor einem Neuanfang. Denn das ist genau das, was Sie nun brauchen.

„Hm", murmelt sie wieder, während sie aus einer Flasche Öl in die Pfanne gießt. „Lies weiter, Schatz."

Verlieren Sie niemals die Hoffnung. Gehen Sie vorwärts, denn es warten bessere Tage auf Sie.

„Wir glauben auch fest daran, dass es so sein wird, nicht wahr, Liebster?" sagt sie.

„Ganz bestimmt", sage ich und lese den letzten Satz. Sie sollten wissen, dass es immer Licht am Ende des Tunnels gibt.

„Vermutlich bin ich in der Küche nicht so gut wie Nora", sagt sie.

„Außerdem habe ich hier nicht alles, was ich brauche."

„Alles, was deine Hand berührt, wird köstlich", sage ich.

„Übertreib nicht", sagt sie. „Ich hoffe, dass es dir schmeckt."

Ungeduldig betrachte ich von meinem Sitzplatz aus ihren makellosen Körper unter ihrem bunten, mit Blumen übersäten Nachthemd.

„Auch wenn es nicht so berühmt ist wie das meiner Großmutter", sagt sie, während sie Wasser in den Topf auf der anderen Kochstelle des Herdes gießt, „ist mein Tscherkessenhuhn aber auch nicht zu verachten."

Langsam stehe ich auf und gehe zu ihr. Eine Hand lege ich auf ihren Bauch, mit der anderen bündele ich ihr Haar auf der rechten Seite und bedecke ihren feinen Nacken mit Küssen. „Nicht", flüstert sie, während ihr Körper sich vor mir wie eine Schlange windet, „nicht jetzt, mein Schöner ..."

Ich kann nicht atmen ohne dich, wach auf ...
Kein Augenblick, den wir gemeinsam erlebten, kein
Wort, das du sagtest, verlässt meinen Kopf···

„Du bist doch kein sentimentaler Mensch,
was ist los mit dir?"

Ich halte sie fest an den Armen und drehe sie
zu mir. Nachdem unsere Körper sich fest aneinander drücken, beginnen unsere Lippen einander hastig zu umkreisen, unsere Nägel bohren sich durch
die dünne Kleidung und bleiben in unserer nackten
Haut stecken wie Pfeile. „Liebster ...", murmelt sie
lustvoll, „so sehr hast du mich vermisst ..."

Ich fühle mich ein wenig besser, auch mein
Geist beginnt zu erwachen. Als ich feststelle, dass es
mir etwas leichter fällt, mich im Bett zu bewegen,
atme ich erleichtert auf. Ich lasse meine Blicke neugierig durch das geräumige Zimmer schweifen, in
das ich gestern erst eingezogen bin. Das erste, was
mir auffällt, ist das Foto, das genau mir gegenüber
an der Wand hängt. Ich stelle mir jenen Tag im
Geiste vor. Ein Ferientag. Wie sie in einer ärmello-

sen, lilafarbenen Bluse mit V-Ausschnitt und enger Jeans hierhin und dorthin läuft. Eines ihrer Fotos, die sie mir von eintausend-einhundert Kilometern Entfernung an meine E-Mail-Adresse schickte. Voller Leben, heiter, quirlig··· Mit ihren vollen rosa Lippen, ihren strahlenden Augen, ihren blitzenden, makellosen Zähnen und ihrem kindlich-sonnigen Gemüt, das nie auf ihrem Gesicht fehlt, sitzt sie im Metallrahmen auf der Hägematte. Ich vermisse dich so sehr, wach auf ...

Mein Blick wandert vom Foto zu der großen Kuckucksuhr, die an hoher Stelle zwischen beiden Betten angebracht ist und reichlich alt zu sein scheint. Während ich meinen Kopf leicht vorstrecke und mit zusammengekniffenen Augen versuche, im Halbdunkeln die Uhrzeit abzulesen, werde ich von einem plötzlichen Hustenanfall übermannt und gleich darauf bricht mir der Schweiß aus allen Poren. Nach einer Weile, ich kann nicht einschätzen, wie kurz oder lang sie war, höre ich eine Frauenstimme in meinem Kopf fragen: „Wie hattet ihr euch noch mal kennen gelernt?" Ein weiterer Hustenanfall kündigt sich an, so dass ich die Hand hinter das Ohr führe, um auch das Folgende des Gesagten nicht zu verpassen. „B. hat es zwar kurz erzählt ..."

B. und ich wechseln einen langen Blick. Wir sitzen mit ihren Freundinnen an der Bar und trinken das zweite Glas Bier.

„War das nicht vor dreihundert Jahren, Liebste?" frage ich.

„Dreihundert", bestätigt sie forsch.

„Ich bin nicht sicher, ob ich die Frage richtig verstanden habe", sage ich. „Wie war das? Hattest du nach dem Wie gefragt oder nach dem Wann?"

Die Freundinnen lachen.

„Entschuldigt", sage ich. „Wegen des Hustens habe ich es nicht genau mitbekommen."

„Ich hatte gefragt, wie ihr euch kennen gelernt habt", wiederholt sie.

Ja, wie hatten wir uns kennen gelernt ... Hatte sich ein Vogel ins Ladenlokal verirrt? Und war sie nicht, als ich hilflos überlegte, was ich mit ihm anstelle, auf einmal hinter mir aufgetaucht, mit einer Schachtel in der Hand: „Entschuldigung, ob Ihnen das hier weiterhelfen würde?" Wann hatte sich das ereignet, vor etwa zehn Jahren, oder noch länger her? Ich hatte mich bedankt und ihr die Schachtel abgenommen.

„Lass mich erzählen, wenn du magst, Liebster", unterbricht B. mich. „Als wir uns zum ersten Mal begegneten, hattest du ein verletztes Vogeljunges bei dir und sagtest zu der Apothekerin: 'Diese Möwe ist in mein Ladenlokal hereingetrippelt. Die Katzen, die hinter ihr her waren, habe ich nur mit Mühe und Not verscheucht. Was soll ich mit ihr machen?' Ich konnte mir das Lachen nicht verkneifen. Du standest da, mit der Möwe in der Hand und wusstest nicht, was du tun solltest. 'Ein Wirrkopf', ging mir durch den Kopf, 'was für ein Wirrkopf!' Ich wartete, beobachtete dich amüsiert. Als du mit der Möwe ins Ladenlokal zurückkehrtest, folgte ich dir. Und lachte immer noch, denn du wusstest nicht, wohin mit ihr. Erst setztest du sie auf einen Tisch, dann nahmst du sie von da fort und setztest sie auf den Boden. Dann wieder auf den Tisch. Wenn ich nicht schnell einen Karton aufgetrieben und damit zu Hilfe geeilt wäre, hättest du dieses Spielchen wohl bis zum Abend fortgesetzt.

Die Freundinnen lachen wieder.

Ein erneutes Rascheln ... Sie hat sich auf die andere Seite gedreht und dabei die Decke abgeworfen, fand die Position wohl unbequem und drehte sich bäuchlings, um weiterzuschlafen. Während ich mich in ihre Richtung drehe, um ihren anziehenden Körper, der nichts außer einem schwarzen engen Slip trägt, mit unersättlicher Wollust zu betrachten, schließen sich meine müden Augen wie von selbst und eine der frischen Erinnerungen unserer neulichen Zusammentreffen, bevor wir herkamen, erscheint wieder vor meinem geistigen Auge.

Nachdem wir uns auf dem Atmeydanı getroffen und einander voller Sehnsucht in die Arme gefallen sind, im Anschluss an das Treffen mit ihren

Freundinnen, gehen wir die steilen Treppenstufen einer der zum Ufer führenden Gassen hinunter. Es ist in den Abendstunden. Während wir Hand in Hand die Stufen nehmen, betrachten wir ergriffen die untergehende Sonne und wie sich ihre immer stärker werdende Röte auf dem ruhigen Meer ausbreitet. Ich bin es, der die Stille beendet:

„Du siehst hinreißend aus."

„Danke, Liebster. Du aber auch."

„Wie sehe ich aus?"

„Wie immer. Fit."

„Kaum dass sie wieder allein sind, haben die Turteltauben uns vergessen", hören wir die Anderen hinter uns sticheln und warten, bis sie uns erreicht haben. Sie streicht mit der Hand wieder zärtlich über meinen Bart und sagt: „Du bist, Vater ausgenommen, der einzige, dem ein Bart steht, finde ich."

Nachdem wir in einer lauten Bar auf dem Weg zu unserem Hotel einige Gläser Bier trinken, laufen wir eine Weile durch die engen Gassen zwischen heruntergekommenen Häusern hindurch zu unserer einfachen Bleibe. Sobald wir das Zimmer betreten und die Tür geschlossen haben, zieht sie sich schnell aus und lässt sich, ohne die Decke abzunehmen, rücklings auf das Bett fallen. Dann sagt sie: „Komm ..."

Splitternackt. Mit ihrer alabasterfarbenen Haut, ihren auf dem Kissen liegenden duftenden Haaren, ihren angewinkelten Knien, leicht gespreizten Beinen und den aufgerichteten Warzen ihrer kleinen Brüste ruft sie mich zu sich. Du bringst mich um den Verstand, wach doch auf ···

„Ja aber", fährt die Freundin fort, nachdem sie einen Schluck von ihrem Bier genommen hat, „warum habt ihr euch all die Jahre nicht gesehen?"

B. und ich wechseln einen Blick. Der plötzliche Tod des geliebten

Vaters, als sie erst dreizehn war, die bei der Großmutter verbrachte Kindheit und erste Jugendjahre, dann der unerwartete Tod der Großmutter, die erste unglückliche Ehe, in die sie unüberlegt taumelt, um die Leere auszufüllen, kurz darauf die zweite Ehe ...

„Wie das Leben halt so spielt", sage ich kurz.

„Das Timing", fügt B. hinzu.

Die am Tisch entstandene Stille, die mein heftiger gewordener Husten zerteilt, überlässt den Platz der heiteren Plauderei der Freundinnen und der Live-Musik, die von der Bar herausdringt.

„Es ist aus", sagt Turgay. „Das war's dann wohl." Er klingt erschöpft, auch etwas verlegen. Nachdem er seine Sachen in der Tasche verstaut hat, gibt er mir den Rat: „Du solltest dich auch nicht umsonst länger hier aufhalten." Während Suzi zusammengerollt auf dem Sessel, das Kinn auf der Armlehne, zu verstehen versucht, was wir besprechen, fährt Turgay fort:

„Grüß Nora. Macht euch nicht zu viele Sorgen. Es kommt, wie's kommt."

Das Telefon ist wegen der Schulden abgestellt, ebenso Fax und Strom.

Ich habe nicht einmal genug Geld in der Tasche, um Suzi ein paar Hühnerknochen aus dem Restaurant zu holen.

„Vielleicht", murmele ich. „Vielleicht hätten wir uns wieder berappelt."

Turgay merkt, dass ich möchte, dass er bleibt. „Selbst wenn wir ein Leben lang arbeiten", sagt er, „können wir diese Schulden nicht zurückzahlen." Ohne mich anzusehen, nach einigen flüchtigen Streicheleinheiten für Suzi, verlässt er still und leise das Büro, in dem wir viele Jahre kollegial zugebracht haben, um nie wiederzukehren.

Es folgen jene prächtigen Tage, als ich von der Straße Essensreste für

Suzi und Zigarettenkippen für mich aufsammelte, als ich unmittelbare Bekanntschaft mit Hunger, Banken und dem Staat machen durfte. Wochen, in denen Ohnmachtsanfälle, Halluzinationen, ernährungs- und stressbedingte Krankheiten meine Vertrauten waren. Unvergleichliche Monate, in denen ich am eigenen Leib erfahren habe, wie man in kürzester Zeit in große Not geraten, die lebensnotwendigen Grundbedürfnisse nicht mehr befriedigen kann und lange Jahre während schwere Traumata …

Rückblickend, nach all der Zeit, denke ich, dass mir am allermeisten nicht die Tatsache zusetzte, all das durchgemacht zu haben, sondern dass ich das auch Nora und Suzi angetan habe. Denn dies war nicht ihr Kampf, ich wünschte, ich hätte es ihnen ersparen können, mein unseliges Schicksal mit mir zu teilen.

Ohne Eile nähere ich mich ihrem Bett, betrachte im Stehen voller Begehren ihren brennenden Körper und streife mir eines nach dem anderen die Kleidungsstücke ab, ohne sie aus den Augen zu lassen. „So wird das nicht funktionieren", sage ich. „Nach jeder unserer Trennungen begehren wir einander noch mehr."

„Recht hast du", sagt sie. „Einmal im Monat, alle zwei Monate. So kann das nicht laufen."

„Ich habe gesundheitliche Probleme", sage ich. „Es ist fraglich, ob ich überhaupt noch am Leben bin, wenn du das nächste Mal kommst."

„Red keinen Unsinn", sagt sie. „Wir haben ein langes Leben vor uns."

„Du, ja", sage ich. „Du bist noch so jung."

„Hör mit diesen unheilvollen Gedanken auf", flüstert sie, während ihr Blick voller Begierde auf meiner nackten Haut wandert, „und komm endlich zu mir ..."

Ich lege mich auf sie, greife ihre schmalen Handgelenke und grabe sie neben ihrem Kopf in das Laken, schließe die Augen, sauge an ihren Lippen und fülle mir immer wieder Mund und Kehle mit ihrem Liebessaft. Noch bevor die Feuchtigkeit ihrer Lippen in meinem Mund trocknet, noch bevor der Wildrosenduft ihres Halses meine Lunge verlässt, sehen meine wieder geöffneten Augen, dass es immer noch düster ist. „Verdammt!" murmele ich, „Mach endlich, dass dieser riesige Feuerball den Hintern hebt!"

Wir sitzen in einem Wagen. In Kırıkhan. Wir fahren an einem See vorbei. Der Lenker des Wagens sieht mich durch den Rückspiegel an und fragt: „Sag mal, gibt's bei euch auch so schöne Seen und Flüsse?"

Als Şengül Abla den Kopf zur Seite dreht, um meine Antwort besser zu hören, macht ihre außergewöhnliche Energie eine rasante Runde im Wageninneren, um dann durch das offene Fenster nach draußen, auf den Planeten zu strömen. Auf die Lindenbäume, an denen wir gemächlich vorbeifahren, die notdürftig gebauten Dorfhäuser, Gemüsegärten und die am Wegesrand grasenden Zwergziegen mit ihren bimmelnden Glocken. „Nein", sage ich. „Manchmal fließt nicht mal Wasser aus dem Hahn."

„Dann bleib hier", sagt sie. „Du kommst nur im Sommer. Schau, du hast hier eine riesige Familie. Bleib bei uns."

Am nächsten Morgen weckt mich ein herzzerreißender Klageruf. Eine

Frauenstimme schreit: „Şengül! Meine Şengül!" Es folgen Schritte und Geschrei aus allen Zimmern des Hauses auf den Hof zu. „Sie ist tot", sagt eine Stimme. „Vom Balkon gestürzt." Es drückt mir fast das Herz ab. Ich verlasse das Bett und gehe angsterfüllt auf den Innenhof. Şengül liegt leblos auf dem kalten Beton, von einer großen Menschenmenge umgeben. Die Arme zur Seite geöffnet, die Augen geschlossen, eine Blutlache unter ihrem Haar... Ich lasse mich auf die Knie fallen und erbreche mich.

Als ich wieder zur Besinnung komme, versuche ich mich aus dem Bett zu erheben, ich möchte zu B. gehen. Während ich mühsam all meine Kraft sammle und den Kopf vom Kissen löse, fällt mir jener Satz ein, den ich einmal in einem Buch las. „Er irrt sich", murmele ich. „Es gibt sehr wohl starke Männer, wie es auch wunderbare Frauen gibt." Als mir am Ende des Satzes schwarz vor Augen wird, verlässt mich auf einmal der Mut, so dass ich mich zurück ins Bett fallen lasse. Ein stechender Geruch von Erbrochenem steigt mir in die Nase. Dann höre ich ein Telefongespräch mit, das in meinem Kopf geführt wird. „Deine Jacke", sagt eine Frau unter Schluchzen, „sie roch ständig an deiner Jacke." Dann höre ich B.s Stimme, auch sie weint.

„Warum?"

„Sie behauptete, dass dein Duft noch am Kragen haftet."

„War es denn so?"

„Nein, ich hab mehrmals daran gerochen. Das habe ich ihr auch gesagt."

„Und? Was hat sie gesagt?"

„Sie glaubte mir nicht. Und wie es nach ihm riecht, sagte sie. Du kannst es bloß nicht wahrnehmen."

„Sie sagte auch immer, dass auch das Kissen nach mir rieche. Vom

Duft am Kissen, sagte sie, könne sie auf die Minute genau sagen, wann ich zu Bett gegangen sei."

„Sie hatte dich sehr gern. Wenn dein Name fiel, hörte sie mit strahlendem Blick und offenem Mund zu."

„'Ich rieche deinen Duft aus eintausend-einhundert Kilometer Entfernung', sagte sie."

„Sie bewunderte dich, liebte dich abgöttisch. War mit dir durch unsichtbare Bande verbunden …"

Als die Stimmen verstummten, unterdrückte ich den Wunsch, sofort die Augen aufzumachen und versuchte, auf dem Rücken liegend, zunächst das Gehörte zu begreifen. Dann bewegte ich die Lippen, verzog ein paar Mal den Mund. Anschließend kräuselte ich die Nase, bewegte Finger und Zehen leicht. Als ich sicher war, dass alles an Ort und Stelle war, schlug ich langsam die Augen auf und überließ mich dem wehmütigen Klang des wieder eingesetzten Regens.

„Es hat angefangen zu regnen, Kapitän Ahmet."

„Macht nichts. Wir sind nicht weit weg von der Küste."

„Das Boot ist zu klein, schaukelt wie verrückt. Warum hast du nicht das andere genommen?"

„Ist zur Wartung. Eine Zeitlang müssen wir mit dem hier vorliebnehmen."

„Ist es denn für unsere Zwecke geeignet?"

„Keine Sorge. Der olle Kahn hat sich schon an so manchen Regentagen bewährt."

In der Nähe von Burgazada werfen wir Anker. Wer sich an Deck sonnt, packt hastig seine Siebensachen zusammen, als der Regen einsetzt und flüchtet unter den überdachten Teil. Ich, Mahmut der Lase, Çetin, Osman und Turgay genießen mit unserer dreiundzwanzigköpfigen Gruppe aus der Ukraine, die ausschließlich aus Frauen besteht, diesen warmen Spätsommertag. Shoppinggruppe, Wochenendausflug ... Fast immer sind es dieselben Leute. Wir kennen einander seit Jahren.

„Soll ich den Grill anwerfen lassen? Meinst du, die haben schon

Hunger?"

„Ja, Kapitän. Wird Zeit."

Mahmut hat sich zu Veronika gesetzt, der Gruppenältesten und zeigt ihr das Familienfoto in seiner Brieftasche, Frau und beide Söhne. Während er mit hektischen Gesten irgend etwas zu erklären versucht, spricht er sie mit 'Mamuschka' an. Bei jeder Wiederholung müssen die Anderen schmunzeln. Und wenn Veronika ab und zu die mitgebrachten ukrainischen Kekse aus ihrer Tasche zieht und Mahmut in den Mund stopft, lachen sie noch mehr.

Sie kaufen hier en gros Textilien auf und verkaufen sie dort auf fragwürdigen Straßenmärkten, um ihre Familien zu versorgen. Über die tagelange Busfahrt, die Zollkontrollen, die Märktemafia und die Schutzgeldleute, mit denen sie sich herumplagen müssen, verlieren sie kaum ein Wort, weil sie mit der Zeit gelernt haben, all diese Schwierigkeiten zu meistern.

„Das Essen ist kein Problem, aber wie servieren wir die Getränke? Mein Matrose hat kein Händchen dafür."

„Überlass uns das, Kapitän."

Das Himmelsungeheuer hat sein Riesenmaul sperrangelweit geöffnet und wütet mit aller Kraft über uns. Die Lichtpfeile, die es aus seinem Rachen schleudert, erlöschen in der Luft wie Kerzen, ohne die Erde erreichen zu können und seine hässliche Fratze nimmt immer neue Formen an. Noch ein Pfeil, und noch einer und mit aller Kraft noch ein letzter und gleich darauf ein Knachsen und Bersten. Als ich den Kopf zum Fenster wende, sehe ich einen Baum krachend in der Mitte durchbrechen und in Flammen aufgehen und höre, kaum dass ich entkräftet die Augen wieder schließen muss, die gellenden Schreie aus den Flammen.

17. November 1996. Wer das Glück hatte aufzuwachen, hämmert inmitten giftiger Rauchschwaden, die sich im Treppenhaus ausgebreitet haben, an die verschlossenen Türen der Anderen, versucht, die Zugänge zu den Feuertreppen aufzubrechen, die aus Angst vor möglichen Einbrechern immer abgeschlossen sind. Als es ihnen, mit brennenden Augen und zugeschnürten Kehlen, gelingt, eine der Türen zu öffnen und sie panisch die Eisenstufen hinunterhasten, stehen sie bald einer anderen, unerwarteten Überraschung gegenüber. Die Treppen enden im zweiten Stock. Es geht nicht weiter. Die unteren

Stockwerke hat man in Boutiquen umgebaut, wo auch das Feuer ausbrach. Die Textilien, mit denen die Regale vollgestopft sind, brennen lichterloh. Umkehren können sie auch nicht ...

Ich frage Svetlana, wann sie zurückkehren werden. „Wenn alles gut läuft", setzt sie an, „wenn wir uns die Ware unterwegs nicht abknöpfen lassen, wenn sie uns auf dem Markt nicht beklauen, wenn wir das verdiente Geld gut verwahren können, wenn die Grenzen nicht dicht gemacht werden, wenn die Banken nicht pleite gehen ..." Wir lachen.

„Soll ich weitermachen?"

„Nein, danke, Sveta. Das war ausreichend ..."

Vom aufdringlichen Klingeln des Telefons werde ich wach. Es ist 04.45. Verheißt nichts Gutes. Es ist Turgay. „Alle?" frage ich nach der ersten Fassungslosigkeit. „Fast alle", sagt er, „leider fast alle ..."

„Mamuschka auch?"

„Ja."

„Svetlana?"

„Auch."

„Maria?"

„Ja, mit ihrer Tochter ..."

Ich öffne den Schrank und möchte die Raki-Flasche herausholen.

Dabei höre ich jemanden „Nein, nein" sagen. „Wodka, bitte." Eine andere Frauenstimme ruft: „Bier". Maria möchte Obstsaft für ihre Tochter. Ich schaue erneut auf die Uhr. 04.55. In der einen Hand die Flasche, in der anderen ein leeres Glas, so stehe ich da und sehe mit leerem Blick durch die Gardinen nach draußen. Es nieselt. Dann höre ich Svetas Stimme in der Dunkelheit: „So ist das Leben", sagt sie mit ihrer hellen Stimme, „wenn alles gut läuft ..."

Osman bückt sich und reicht dem kleinen Mädchen den Obstsaft. „Wie heißt du, Kleine?"

„Christina."

„Wie alt bist du, Christina?"

„Sieben."

„Gehst du schon zur Schule?"

„Mmh."

„Läuft bei dir", sage ich vom Bett aus, „Ich hoffe, dass du dich gut amüsierst!" Der Fensterflügel macht quitschend einen Satz auf mich zu, überlegt es sich aber im nächsten Augenblick anders und weicht zurück. „Du machst keinen Unterschied zwischen Gut und Böse." Ich konzentriere mich auf die Uhr an der Wand. Ich warte darauf, dass sie, so groß wie sie ist, einen Ton von sich geben wird, aber tote Hose ... „Frauen oder Kinder, das geht dir am Arsch vorbei." Die nackte Birne an der Decke taumelt nach rechts und links und pendelt sich dann in der Mitte ein. Mit der Hand wische ich mir den Schweiß vom Gesicht und sage: „Ich hab keine Angst vor dir. Ich kann sehen, wie dir der Sabber die finstere Fratze hinabrinnt, auch wie du dir die blutbesudelten Hände freudig reibst." Während ich meinen Satz beende und mich wieder erschöpft in die mich wie Efeu umschlingenden Arme des Schlafes fallen lasse, sehe ich, bevor mir die Augen zufallen, Christina an mir vorbeigehen. Ihr geblümtes Kleid in den lodernden Flammen, ihr goldblondes Haar, ihre roten Schühchen und den Strohhalm in ihrer Hand, der wie eine Wunderkerze brennt. So entschwebt sie durch die Decke und ihre schrillen Schreie hallen in meinem Ohr nach.

Wir sitzen am Tisch. Wir haben nur eine Gabel und einen Löffel, mehr Besteckteile hat man, warum auch immer, nicht zurückgelassen. Während ich versuche, ihr mit zittriger Hand einen Löffel Suppe zu reichen, platziert sie einen großen Bissen, den sie auf die Gabel gespießt hat, kinderleicht in meinem Mund. „Jetzt kannst du nicht mehr sagen, wir hätten keinerlei

Entbehrung durchlebt", sage ich, während ich kaue: „Kannst du später den Kindern erzählen."

„Ist es schon beschlossene Sache, das mit dem Kind, Liebster?"

„Nicht Kind! Kinder!", sage ich mit Nachdruck, „mehr als eins."

„Und warum erzählst du es ihnen nicht selbst, Schatz?"

„Ich mag nicht mehr", sage ich."Wo von Armut und Not die Rede ist, möchte ich nicht eine Sekunde verweilen."

„Gut, dann erzähle ich, dass wir absichtlich so gegessen hätten", sagt sie, während sie die Gabel wieder an meinen Mund führt. „Den Rest lasse ich weg."

„Hast du jemals Leute gesehen, die zu Hause nichts außer einem Löffel und einer Gabel hatten?" frage ich.

„Nein", sagt sie, „hab ich nicht."

„Ich schon."

„Ach ja? Erzähl mal."

„Er hieß Osman, sie Nihal. Ich war noch klein, neun oder zehn. Sie waren in die Nachbarwohnung gezogen. Mutter hatte gesagt, dass sie in der Wohnung, in die sie nach der Trauung zogen, nur einen Löffel und eine Gabel hatten. „

„Oh, wie schade. So arm waren sie?"

„Nein, waren sie nicht. Beider Familien waren sogar ziemlich wohlhabend, aber gegen die Heirat."

„Klassische Geschichte."

„Und die Beiden konnten mit dem Geld, das sie in der Tasche hatten, gerade mal die Wohnung anmieten. Und da waren von den Vormietern genau eine Gabel und ein Löffel zurückgeblieben."

„Ha ha ha."

„Warum lachst du?"

„Und wenn es die auch nicht gegeben hätte?"

„Es war doch auch kein Essen da. Keine Lebensmittel, kein Topf, kein Teller, nichts. Eine leere Wohnung. Am nächsten Tag hat Mutter ihnen nach und nach alles Mögliche rübergeschleppt. Aber immer wenn sie vom ersten Tag erzählten, haben sie Tränen gelacht."

„Warum?"

„Osman Abi war ein dunkler, bärtiger Typ, wie ich. Todschicke Lederjacke, eine Hose aus edelstem Stoff, die teuersten Lederschuhe."

„Ha ha ha. Und sie?"

„Nihal Abla war groß und hatte langes blondes Haar. Eine Frau wie ein Fotomodell. Ein Nerzmantel über den Schultern ..."

„Ha ha ha. Genau die richtigen Ein-Löffel-und-eine-Gabel-Typen."

"'Ich habe noch nie ein Paar gesehen, das sich so sehr liebt wie die Beiden', sagte Mutter immer voller Bewunderung. 'Wenn der eine etwas erzählt, himmelt der andere ihn an und lauscht mit offenem Mund. Das habe ich noch nicht erlebt', sagte sie."

„Und dann, Liebster?"

„Dann war Friede, Freude, Eierkuchen, mein Schatz. Sie sah man bald in Modezeitschriften abgebildet. Er hatte ein glückliches Händchen, innerhalb weniger Jahre hat er sein eigenes Unternehmen aufgebaut. Und sie wurden noch reicher als ihre Familien."

„Nette Geschichte."

„Alles, was sie gemeinsam machten, lief gut, weil sie zusammenpassten wie Schlüssel und Schloss. Die Energie, die entstand, wenn sie zusammenkamen, erhellte sowohl sie als auch ihr Umfeld."

„Es wird aufgegessen, Süßer."

„Dann kauften sie die Wohnung. Ihre Kinder wurden im Viertel geboren und wuchsen dort auf."

„Und das Glas wird ausgetrunken, wenn ich bitten darf."

„Ich trinke keinen Obstsaft, Liebste."

„Warum nicht, mein Schatz?"

„Darum nicht..."

„Ob ich Löffel und Gabel einstecken sollte, wenn wir gehen, Liebster?"

„Und mit nach Hause nehmen?"

„Ha ha ha."

Nach einem raschen Blick auf die für den Druck vorbereiteten neuen Bücher verlassen wir mit M. T. den Verlag in Kadırga und laufen in Richtung

Yenikapı. „Die Lage ist schlimmer als früher, lieber Freund", beklagt er sich, während wir an der Polizeistation vorbeikommen. „Die Vertriebsfirmen vertreiben die Bücher nicht, die Buchhändler stellen sie nicht in die Regale, unabhängige Medien gibt es schon lange nicht mehr, und die anderen haben nur Sendezeit für ihre eigenen Leute. Wohin treibt dieses Land ..." Wir kommen am Kadırga Parkı vorbei, in dem sich hundertjährige Bäume angstvoll verstecken. Ich lache und sage: „Dahin, wo es hingehört! Geradewegs in die Hölle!" Um uns herum ein lästiger Fliegenschwarm. Mit der einen Hand wedeln wir herum, um die Fliegen zu vertreiben, mit der anderen halten wir uns die Nase zu, um den vom Park ausströmenden Gestank nicht in unsere Lungen zu lassen. „Aber wie soll das gehen?", fährt er fort. „Wie weit kann ein Land ohne Kunst und Kultur kommen, haben die das mal bedacht?" Er ist rüstig und agil für sein Alter. Im Gegensatz zu mir bewahrt er sich die innere Begeisterungsfähigkeit. „Zur Hölle", wiederhole ich. „Es gibt einen einzigen Ort, wohin diejenigen gehen, die nicht denken wollen, und der ist die Hölle auf diesem Planeten." Mit den Augen gibt er mir zu verstehen, dass er zustimmt und fährt mit seiner Klage fort: „Früher haben wir uns zwar auch beschwert, aber da war es bei weitem nicht so schlimm. Unrecht, Diskriminierung, Unwissenheit gab es immer schon, aber dass wir jene Tage herbeisehnen würden, wäre mir im Leben nicht eingefallen."

„Nimm dir das nicht so zu Herzen. Am Ende wirst du auch noch krank wie ich."

„Ach, dir geht's doch gut. Das Schlimmste hast du hinter dir."

„Nicht ganz. Schön wär's. Mir kommt's eher so vor, als läge die Krankheit auf der Lauer."

„Sag doch so was nicht. Ich weiß nicht, wie ich das alles schaffen würde, wenn du nicht wärest. Dass du deine Freundin mit ins Boot genommen hast, erleichtert mir die Arbeit. Es ist nicht einfach, gute Übersetzer zu finden."

„Sie hat ein Händchen dafür. Und es macht ihr Freude. Ich meine, Fremdsprachkenntnisse allein machen keinen guten Übersetzer aus. Es braucht auch Talent, Willen und Potenzial."

„Natürlich. Man darf dem Buch nicht anmerken, dass es eine Übersetzung ist. Komm doch Freitagabend vorbei, wenn du nichts vorhast, dann können wir den Teil, den sie schon geschickt hat, gemeinsam durchgehen."

„Freitag bin ich nicht da. Ich hab so eine Sehnsucht nach B. Ich werde zu ihr fahren."

Er schaut mich ungläubig an. Er ist es nicht gewohnt, so etwas aus meinem Munde zu hören.

„Wie jetzt? Du fährst zu ihr?"

„Ja. Mit dem Bus. Ich fahre abends los und bin am nächsten Tag gegen Mittag bei ihr."

Er weiß, dass ich seit über zehn Jahren nicht über die historische Stadtmauer hinaus gekommen bin. Von der Arbeit nach Hause, von zu Hause zur Arbeit. Immer verblüffter fragt er mich weiter aus.

„Und wann kehrst du zurück?"

„Den Samstag verbringe ich mit ihr und abends setze ich mich in den Bus und fahr zurück."

„Du legst allen Ernstes den ganzen Weg zurück, um nur einen Tag mit ihr zu verbringen?"

„Sie fehlt mir so. Wäre sie am anderen Ende der Welt, würde ich hin, auch wenn ich sie nur fünf Minuten sehen könnte."

Der merkwürdige Ausdruck auf seinem Gesicht sagt mir, dass er versucht sich zu vergewissern, ob diese Worte tatsächlich aus meinem Munde kamen. Ich sehe nach vorn, stopfe die Hände in die Hosentaschen und laufe weiter. Während ich die Krähe beobachte, die plötzlich aus dem Geäst der riesigen Platane in der Nähe auftaucht und im Sturzflug auf ein umhersträunendes Katzenjunges zu steuert, murmele ich: „Er irrt sich. Es gibt sehr wohl wunderbare Frauen." Ich sehe voller Bewunderung die weiten Flügel der Krähe, wie sie blitzschnell über das Kätzchen hinweg fliegt und sich wieder erhebt. „Wenn auch selten", setze ich meinen Gedankengang fort. „Es gibt Dinge, für die es sich zu leben lohnt."

„Ist nichts davon geblieben?"

Ich las die Frage auf dem Bildschirm, beantwortete sie nicht sofort, sondern dachte darüber nach. Diese Frage, die sie nach der jahrelangen Funkstille im Anschluss an unsere kurze Bekanntschaft, in den ersten Tagen unseres vor eineinhalb Jahren wiederaufgenommenen Kontakts, nach anfänglichem Austausch von Belanglosigkeiten, gestellt hatte, versetzte sowohl sie als auch mich in Staunen. Zuvor hatte sie wissen wollen, ob ich verheiratet sei. Ja, irgendwie aus Gewohnheit noch, aber ja, ich sei verheiratet, hatte ich geantwortet. Dann wollte sie wissen, ob wir Kinder haben. „Nein." Ob ich eine andere Beziehung habe, fragte sie anschließend wie beiläufig. Und ich hatte die Situation in einem einzigen Satz zusammengefasst:

„Seit dreizehn Jahren habe ich nicht einmal die Hand einer Frau berührt."

Schweigen. Erst einige Minuten später hatte sie begonnen zu tippen.

„Warum nicht?"

„Ich wollte nicht."

Nach einer längeren Pause als der ersten hatte sie geschrieben:

„Ab jetzt vielleicht wieder."

„Nein, bestimmt nicht."

„Warum nicht?"

„Aus dem selben Grund, warum es bis jetzt nicht passiert ist."

Ich hatte ihr bereits von meinen körperlichen und psychischen Beschwerden geschrieben, dass ich mich zurückgezogen habe, dass ich zu Fuß zur Arbeit gehe, sonst nirgends hingehe, den Kontakt mit Menschen meide, nicht mehr schreibe und auch nicht mehr lese und die Finger von Alkohol und Zigaretten lasse. Kurz und knapp, ohne nähere Ausführungen. Deshalb hatte sie auch jene Frage gestellt, von der ich nicht wusste, wie ich sie beantworten sollte.

„Ist nichts davon geblieben?"

Ich hatte ihr zu diesem Zeitpunkt nicht sagen wollen, dass ich, in all den Jahren danach oft an sie gedacht und den Wunsch verspürt hatte, sie wiederzusehen, dass sie immer wieder in meiner Vorstellung lebendig wurde, und das, obwohl damals in den wenigen Monaten, in denen wir einander häufig gesehen hatten, es zu keinerlei emotionaler oder körperlicher Annäherung gekommen war.

„Nichts davon ist geblieben."

Nach einer dritten langen Pause hatte sie geschrieben: „Vielleicht kommen Sie ja hierher." Beim Lesen musste ich lachen. Sie hatte wohl nicht begriffen, sie hatte gar nichts begriffen. Es war doch so lange her, dass ich in die Bahn, den Bus, den Zug gestiegen war, dass ich irgendwohin gefahren, mich mit irgend jemandem getroffen hatte. Außerdem fiel es mir schwer zu sprechen, zu schreiben, das Gehörte oder Gelesene wahrzunehmen. Ich war regelrecht verwildert. Deshalb konnte ich doch nur mit großer Verzögerung auf das reagieren, was sie schrieb. Und sie sprach von Herkommen!

„Warum?"

„Um mich zu sehen."

Ich höre eine Männerstimme ihren Namen rufen, horche und versuche herauszufinden, wer es ist. Ihr Mann wohl, dachte ich zunächst. Dann fiel mir ein, dass sie nichr verheiratet ist. Dann ist es ihr Vater, dachte ich, aber seine Stimme war es auch nicht. Als ich versuchte, mich an die Stimme ihres Bruders zu erinnern, wachte ich auf, öffnete die Augen und während ich mir den Schweiß von der Stirn wischte, wurde ich gewahr, dass meine Lippen ihren Namen bildeten.

„Ich wundere mich darüber, dass du jemanden lieben konntest. Und noch viel mehr, dass ich es bin, die du liebst."

„Warum?"

„Irgendwie hab ich das so abgespreichert in meinem Hirn."

Erste Berührung. Nach sechs Monaten, in denen wir uns täglich lange schreiben, telefonieren und von Zeit zu Zeit Video-Anrufe machen, sind wir tagsüber in einem Hotelzimmer in Beyoğlu zusammen. Scheu, als erlebten wir so etwas zum ersten Mal im Leben, sitzen wir mit gesenkten Köpfen nebeneinander auf dem Zweier-Sofa. B. beendet das Schweigen: „Geht es dir gut, Liebster?" Wir wenden uns einander zu, unsere Blicke treffen sich. Dann setzt sich meine zittrige Hand wie von selbst in Bewegung und greift in ihr Haar. Sie schließt die Augen und ihre Lippen pressen sich auf meinen Mund. Die Erschütterung, die uns in diesem Augenblick ergreift, als wir den warmen Atem des anderen im Mund spüren, als sich unsere Lippen berühren, lässt uns unmissverständlich wissen, dass dies etwas ganz anderes ist als alles zuvor Erlebte.

Wir gehen hinaus auf die Straße. Ein großer Magirus-Dolmusch kommt uns entgegen. „Nehmen wir den?", fragt Kenan.

„Ich verstehe nicht, was du daran findest, dich an Fahrzeuge zu hängen und ein Bein über die Fahrbahn schleifen zu lassen. Eines Tages wirst du fallen und dir wer weiß was brechen."

„Du hast ja nur Schiss!"

„Hab ich nicht. Ich find's nur unnötig."

„Du hast Schiss!"

„Hab ich nicht, Kenan."

„Dann beweise es."

„Das ist aber das letzte Mal."

„Okey, das letzte Mal."

„Versprochen?"

„Versprochen."

Wir trippeln eine Weile auf der Stelle, um unsere Schritte anzupassen, konzentrieren uns und warten darauf, dass alle Fahrgäste einsteigen und der Dolmusch losfährt. Wir passen den richtigen Moment ab, springen auf, finden eine Stelle, um uns festzuhalten und beginnen, den anderen Fuß über die Fahrbahn zu schleifen. Als der Dolmusch Fahrt aufnimmt, rufe ich Kenan zu „Spring ab!" und werfe mich an den Straßenrand. Ich strauchele kurz, fange mich und rufe ihm noch einmal hinterher:

„Kenan, spring ab!"

„Ich hab Angst."

„Keine Angst. Spring auf den Bürgersteig!"

Ein riesiger LKW mit Doppelreifen rast Staub aufwirbelnd an mir vorbei. Als der Dolmusch-Fahrer vor der auf Rot springenden Ampel eine Vollbremsung macht, schlägt Kenan mit dem Kopf auf die Motorhaube auf, stürzt hinunter und ist nicht mehr zu sehen. Der LKW, der nicht mehr bremsen kann, schleift den Dolmusch vor sich her und ich versuche, Kenan zu erblicken.

„Oh je, der hat den Jungen überrollt!"

„Der hat den Kopf voll erwischt ..."

Als ich meine müden Augen, die ich geschlossen hielt, um sie wenigstens ein wenig zu schonen, wieder aufmache, sehe ich, dass der Tag langsam anbricht. Ich drehe mich zum Fenster und betrachte die Häuser zwischen den Tannen, die grünen Berge und Hügel und die darüber schwebenden Wolken, die wie versetzt hängende Gemälde aussehen. Ganz oben ist Jesus. Als hielte er einen Schlauch mit beiden Händen, steht er da und pullert auf die beiden Philosophen, die auf der Wolke darunter sitzen und ihre langen Bärte kraulen. Auf einer anderen Wolke ist ein in der Mitte zusammengestauchtes Fahrrad, daneben ein Dinosaurier mit weit offenem Maul und ganz unten ein Kind, das die Hände an die Wangen gelegt hat und weint.

„Mit deinen sind es vier Bücher, die wir im September herausgeben können. Im Oktober weitere zwei. Zur Buchmesse hätten wir dann eine Menge Neuerscheinungen."

„Und die Übersetzung haben wir ja auch noch."

„Die wird sicher nicht rechtzeitig fertig."

„Warum nicht?"

„Sie hat doch gerade erst angefangen. Und es ist ein umfangreiches Buch."

„Trotzdem. Sie übersetzt schnell wie der Blitz. Nach unseren Berechnungen kann sie es Mitte Oktober abliefern."

„Ja, aber da ist noch die Korrektur, das Lektorat, Einband, Druck ..."

„Den Einband können wir vorziehen. Es besteht kein Grund, den Abschluss der Arbeit abzuwarten. Der Druck, das ist doch eine Woche, höchstens zehn Tage. Ich glaube nicht, dass es viel zu korrigieren gibt, sie arbeitet sorgfältig. Ich schau auch tagtäglich drüber, bis jetzt ist mir nichts Gravierendes aufgefallen."

„Ja, wenn das so ist. Und du? Schreibst du weiter?"

„Tue ich. Ich habe schon 7500 Wörter."

„Was ist dein Ziel?"

„Ich setze mir kein Ziel. Ich schreibe ein Wort nach dem anderen. Ohne Plan."

„Fortsetzung von 'Streifzüge'?"

„Fortsetzung oder Ergänzung. Nur für ein paar Stunden oder bis in alle Ewigkeit. Wer weiß das schon. Im ersten Buch hatte ich den Mann ein wenig in Bewegung gebracht, im zweiten habe ich ihn mal eine Runde drehen lassen und jetzt habe ich ihn ans Bett gefesselt und lasse ihn schwitzen."

„Merkt man. Du bist auch schon total verschwitzt. Dein Gesicht ist ganz schmal geworden. Und du hustest auch mehr."

„Mir geht's gut. Keine Sorge. Und die Geschichte ist gut."

„Das ist sie bestimmt, aber wenn das ganze Buch im Bett stattfindet, wird es schwierig, die Handlung im Fluss zu halten. Hast du schon einen Titel?"

„Ich krieg das schon hin. Der Titel steht. Bei mir ist das so: Entweder finde ich den Titel zuerst und schreibe darunter das Buch. Oder aber ich schreibe zuerst den letzten Satz und fülle die Leerstellen davor. Dieses gehört zu denen mit dem fertigen Titel."

„Und wie lautet der?"

„Gegen Ende der Nacht."

„Schöner Titel, aber hör trotzdem auf mich und sieh zu, dass du dich erholst und auf deine Gesundheit achtest, damit das Ende der Nacht auf den hellen Morgen trifft."

Nachdem der Bus gegen 20.30 abgefahren war, hatte ich, bis wir Aksaray erreichten, keine rechte Freude an der Fahrt. Schlafen konnte ich auch nicht, obwohl ich müde war. Bis mich hinter Pozantı der Anblick der sattgrünen Berge unter grauen Wolken wie früher mit einer kindlichen Freude erfüllte und mich dazu einlud, hinaufzuklettern, um Tannenzapfen zu sammeln.

„Wo bist du?"

„An Pozantı vorbei, Liebste. Es ist so schön hier, ich schaue mir aus dem Fenster die Landschaft an."

„Und warum gibst du nicht Bescheid? Ich war davon ausgegangen, dass du später ankommst."

„Ich wollte dich nicht wecken. Ich rufe an, wenn ich da bin, hatte ich gedacht."

„Ich bin immer noch sauer. Hast du dir überlegt, wie du dich zu entschuldigen gedenkst?"

„In wenigen Stunden streichele ich dir die Mähne, keine Sorge. Schaffen wir es zum Frühstück im Hotel?"

„Hotel und Frühstück kannst du vergessen! Machst du dich über mich lustig? Glaubst du, dass ich dich abholen komme, bevor du das geradegebogen hast?"

„Dann eben nicht. Dann sitze ich bis zum Abend am Bahnhof herum und fahre wieder zurück."

„Du musst es wissen."

„Einen Scheiß weiß ich."

„Du musst dich entschuldigen."

„Ich hab's mehrmals getan. Ich kann es wieder tun. Ich breche mir keinen Zacken von der Krone."

„Du entschuldigst dich, aber fünf Minuten später rechtfertigst du wieder dein unmögliches Verhalten. Du willst nicht nachgeben."

„Ist nicht meine Art."

„Dann ist ja gut. Und ich werde den Teufel tun und dich auch noch belohnen, in dem ich zu dir komme. „

„Also, wenn es darum geht, wer zu wem kommt: Ich bin es doch, der den langen Weg auf sich nimmt und zu dir kommt. Liebend gern sogar."

„Du hast meinen Stolz verletzt, begreifst du nicht?"

„Ich hab doch gesagt, dass ich dir die Mähne streichle. Lass mal gut sein."

„Verstehe. Du wirst nicht nachgeben. Ich wünsche dir einen schönen Tag in der Stadt ohne mich."

Ihr Stolz ist ihre letzte Festung, ihr König auf dem Schachbrett. Selbst wenn sie sich unter Liebesschmerz krümmt, ihr Tränen in die Augen schießen und es ihr den Hals zuschnürt, selbst wenn in ihr Erdbeben wüten und Orkane im Herzen, versucht sie, stark zu wirken, es sich nicht anmerken zu lassen.

„Liebste, schreiben können wir uns auch aus der Distanz. Wie wär's, wenn du mir gleich ins Gesicht sagst, was du auf dem Herzen hast?"

„Ich komme nicht, bevor du dich nicht entschuldigt hast."

„Ich entschuldige mich, Liebste."

„Wofür genau?"

„Dafür, dass ich ständig in der Vergangenheit wühle, dass ich dich grundlos bedrängt, dich verletzt habe."

„Du sagst das zwar, aber dann fängst du wieder an, dich zu rechtfertigen."

„Ich habe nicht vor, mich zu rechtfertigen, meine Schöne. Darüber habe ich sowieso die ganze Nacht nachgedacht. Ich gebe zu, dass ich im Unrecht war."

„Ich bestehe darauf, dass du mir das auch ins Gesicht sagst."

„Mache ich gerne, Liebste. Sei so gut und komm, damit wir nicht noch mehr von unserer kostbaren Zeit vergeuden."

Ein höllisch heißer Tag. Durch die Schuhsohlen hindurch spüren wir den heißen Asphalt und laufen ziellos durch die Straßen. Ich, Kenan, Çetin, Tatü und Piç Murat. Als wir an der Tankstelle auf der großen Ausfallstraße vorbeigehen, hören wir eine Frau Kenan rufen. Seine Mutter. Sie trägt einen blauen Arbeitskittel, eine langstielige Bürste in der einen, einen Eimer Wasser in der anderen Hand. Vor den Zapfsäulen gehen wir in die Hocke, legen die Hände auf die Knie und versuchen, zu Atem zu kommen. „Ihr seid ja nassgeschwitzt, Kinder", sagt sie. „Wartet kurz, ich bin gleich wieder da." Kurz darauf eilt sie mit einem metallenen Tablett zurück, auf dem große Gläser mit Ayran stehen. Während wir trinken, trocknet sie uns mit dem Handtuch auf ihrer Schulter den Schweiß ab. „Passt auf die Autos auf, Kinder", sagt sie, „gebt aufeinander acht." Sie streicht uns über die Köpfe, küsst uns auf die Wangen und schickt uns weg. Wir rennen bis zur Kreuzung um die Wette. „Lass uns zum Sumpf gehen", sagt Piç Murat. „Oh ja", sagt Tatü, „da sind Pferdeskelette." Kenan verzieht das Gesicht. „Wir wollten uns doch hinten an Dolmusche dranhängen", mault er. Während Çetin, Tatü ve Murat den Weg zum Sumpf einschlagen, laufe ich hinter Kenan her. „Ich wusste, dass du mit mir kommst", ruft er beim Rennen.

„Schließlich bist du mein Blutsbruder ..."

Eine Viertelstunde später hält ein gelbes Taxi vor dem Ausgang des Busbahnhofs. Ich gehe näher heran und als ich sehe, dass sie darin sitzt, drücke ich mich auf den Rücksitz. Sie trägt eine riesige Sonnenbrille, ein kurzes Jeanskleid mit Trägern und tut so, als sehe sie durch die Scheiben auf die Straße. Als das Taxi losfährt, frage ich lächelnd: „Hast du gesagt, wohin wir wollen?" Sie nickt. Der Duft ihres Parfums im Wageninneren, ihre bloßen Schultern und ihre aneinander gepressten Beine verdrehen mir den Kopf ... Nur mit Mühe kann mich davon abhalten, mich an sie zu schmiegen und sie in die Arme zu nehmen. Stumm fahren wir eine Weile, dann sieht sie mich kurz an und fragt, ob ich Hunger habe. Ich schmiege den Kopf an ihr Ohr und flüstere ihr zu, wie mir der Hunger nach ihr das Herz zuschnürt. Sie reagiert nicht. „Hast du geweint?". Sie schüttelt nur den Kopf. Kurz darauf deutet sie mit dem Finger auf ein Café und bittet den Fahrer, davor zu halten.

Im Laufschritt gehe ich nach Hause, schließe meine Zimmertür, werfe mich bäuchlings aufs Bett und weine stumm. Mutter kommt mir nach und fragt, was los sei. Ohne zu antworten, weine ich weiter. Dann klingelt es an der Tür. Während Mutter in die Diele geht, setze ich mich auf und lausche. „Kenan!", schreit eine Frau. „Lauf, lauf!" „Was ist mit Kenan?", fragt Mutter.

„Er ist tot. Von einem Lastwagen überrollt ... Komm, komm schnell!" Nachdem das Gepolter auf der Treppe und der Geschrei auf der Straße verebbt sind, schließe ich die offen stehende Wohnungstür und während ich ins Zimmer zurückkehre, höre ich

Kenans Stimme. „In die Mittelschule gehen wir auch zusammen", sagt er. „Wir bleiben für immer zusammen!"

Dann klingt die zittrige Stimme seiner Mutter in meinem Ohr. „Passt auf, Kinder. Gebt aufeinander acht."

Ich bin nassgeschwitzt. Nachdem ich mein Gesicht mit den Papierservietten auf dem Tisch getrocknet habe, lege ich meine Hände unter dem Kinn zusammen und sehe ihr in die Augen. „Ich bitte dich noch einmal um Entschuldigung, Süße. Ich habe dich grundlos verärgert." Sie nimmt die Brille ab und sieht mich aufmerksam an. „War's das?" Ich lächle und fahre fort: „Grundlos habe ich dich bedrängt, dich aus dem Gleichgewicht gebracht." Sie wird etwas nachgiebiger, nimmt einen Schluck Tee und sagt: „Ich liebe dich sehr. Und ich mache nichts Falsches."

„Ich weiß, Liebste. Du gehst sehr feinfühlig und behutsam mit unserer Beziehung um. Ich danke dir dafür."

„Warum kränkst du mich dann immerzu?"

„Ich möchte, dass deine Aufmerksamkeit nur mir gilt."

„So ist es doch auch."

„Ich möchte, dass dein herrliches Lachen nur in meinen Ohren klingt."

„Eifersüchtiger Kerl."

„Das ist keine Eifersucht."

„Was ist es dann?"

„Ich bin nicht wie du."

„Was heißt das?"

„Weißt du doch. Ich bin sehr einsam."

Nach dem Frühstück laufen wir zum Hotel, das sie sehr lobte und in dem sie vor zwei Wochen

ein Zimmer für uns reserviert hat. „Eben im Auto",
sage ich, „musste ich mich beherrschen, dich nicht
auf den Rücksitz zu ziehen und..." Lächelnd sagt sie
leise: „Verrückter Kerl. „ „Ja, verrückt nach dir",
sage ich. „Ich sehne mich nach dir." Sie hakt sich bei
mir unter und nimmt meine Hand fest in die ihren.
„Und ich mich nach dir, Liebster", sagt sie. Im Zimmer angekommen, sehe ich mich flüchtig um, ziehe
die schweren Vorhänge zu und sage, dass ich unter
die Dusche gehe. „Alles klar", sagt sie und lässt sich
auf die Couch vor dem Fenster fallen. Während ich
mich ausziehe, lasse ich meinen Blick über ihren
Körper schweifen. Ganz entkleidet, überlege ich es
mir anders und gehe statt ins Bad zu ihr. Sie lehnt
ihren Kopf zurück, schließt die Augen und überlässt
sich ganz mir. Ohne Unterlass küsse ich sie leidenschaftlich auf die Lippen, die Nase, die Augen, den
Hals. Ihr Körper bäumt sich auf, der Kopf bewegt
sich entrückt hin und her. Langsam ziehe ich sie zu
mir hoch, lege sie mit einem Ruck auf den Teppich,
streife schnell meine Schuhe ab, dann ihre Unterwäsche und lasse mich auf sie gleiten. „Möchtest du,
dass ich mich noch einmal entschuldige, Liebling?",
frage ich außer Atem. „Ja", antwortet sie, ohne die

Augen aufzumachen. „Es tut mir Leid, Liebste, ich entschuldige mich", sage ich, während unsere Körper sich ganz vereinigen. „Ich entschuldige mich, meine Kleine!"

„Wir trennen uns nie wieder" murmele ich, als ich mich im Bett von einer Seite auf die andere wälze. „Keine Trennung!"

„Aber miteinander können wir auch nicht", setze ich gleich nach. „Das ist unmöglich ..."

„Es tut mir leid", wiederhole ich. „Verzeih mir ..."

Hilflos krümme ich mich im Bett, meine Augen stehen voller Tränen. Da beginnen in meinem Hirn die Glocken zu läuten.

Gong, gong, gong, gong, gong ···

Ich mache die Augen einen Spalt auf und sehe, dass es heller wird und die Uhr an der Wand gerade fünf geschlagen hat und bin erleichtert. Ich stütze mich auf die Hände und versuche mich aufzurichten, aber meine Kraft reicht dazu nicht. Ich drehe mich zu B. und betrachte ihr Gesicht, das ich jetzt besser erkennen kann. „Vielleicht", sagt ihre helle Stimme in meinem Ohr, „kommen Sie hierher." Mit zusammengekniffenen Lippen flüstere ich in ihre Richtung: „Wozu?" „Um mich zu sehen", sagt sie. „Um mich zu sehen."

Nach dem Duschen setzen wir uns, in Badetücher gewickelt, im Schneidersitz einander gegenüber auf das Bett. Ich mache den Anfang zur mit Anspannung erwarteten Aussprache. „Vergiss alles, was ich dir bis gestern gesagt habe, vergiss meine Forderungen an dich", sage ich. „Bist du sicher, Liebster?" fragt sie ungläubig, „Wird es kein Problem für dich sein?"

„Doch, wird es zweifellos, und zwar bis zu meinem letzten Atemzug. Wir haben es immer wieder versucht, aber wir schaffen es nicht. Du kannst dieses Verhalten nicht ablegen, das mir an dir missfällt. Und ich schaffe es nicht, mich vollkommen von dem Gift in meinem Hirn zu befreien."

„Wenn du immer noch an diesem Punkt bist, warum hast du dann den ganzen Weg hierher auf dich genommen?"

„Um dich zu sehen. Erinnerst du dich, als wir nach all den Jahren wieder Kontakt aufnahmen, in den ersten Tagen, hattest du mich genau darum gebeten. Bis heute habe ich dir keinen einzigen Wunsch abgeschlagen."

„Und wie gedenkst du, dieses Problem zu lösen?"

„Das wird weder unsere erste Krise sein noch unsere letzte. Lösen können wir es nicht. Ich werde es von nun an einfach auf sich beruhen lassen."

Sie ist den Tränen nahe ... Ratlos streicht sie mit den Händen über das zerknautschte Laken.

„Ich hoffe, dass du ganz bald schon eine findest, die weniger umtriebig ist als ich und sich ausschließlich dir widmet, dich zu ihrem Lebensmittelpunkt macht. Deine neue große Liebe ..."

„Kann sein. Warum nicht? Verdiene ich es etwa nicht?"

Sie ist überrascht. Das war nicht die Antwort, die sie erwartete. So etwas hat sie von mir nie zuvor gehört. Nicht einmal andeutungsweise, nicht einmal mitten in der heftigsten Krise, wo ich unüberlegt daherrede. Sie vermeidet Blickkontakt und sieht sich mit leerem Blick im Zimmer um. Ich lege meine Hand auf ihre Knie und streichele sie behutsam. „Das wäre für uns beide das Beste, Liebste", sage ich. Sie sieht mich nicht an. Als ich sehe, dass ihre Äuglein feucht werden, bricht es mir das Herz. Ich will nicht länger darauf herumreiten. „Sieh mich an, mein Herz", sage ich leise. Sie schüttelt den Kopf. Ich ziehe sie an den Fußgelenken aufs Bett, lege mich langsam auf sie und nehme ihr blass gewordenes Gesicht in die Hände. Eine Träne sehe ich am Augenrand hinunter rinnen und sage: „Meine Schöne", „warum weinst du?" Sie antwortet nicht. „Ich liebe dich doch mehr als alles andere", sage ich, während ich die Träne wegküsse. „Aber", sagt sie mit brüchiger Stimme, „eben noch sprachst du von einer anderen Frau ..."

„Für mich gibt es keine andere als dich, mein Engel", sage ich. „Eine andere als du ist für mich tabu!"

Unsere Lippen saugen sich fest. Mit großer Lust knabbern wir keuchend an unseren Mündern. An meiner Brust ruht sie sich aus. Mit der einen Hand streichele ich ihr über das Haar, mit der anderen liebkose ich ihre Muttermale auf dem Rücken. Erschöpft ist sie. Ich frage, wie spät es ist. „Kurz vor sechs", sagt sie.

„In einer Stunde können wir los", sage ich. „Ich zum Bahnhof und du zurück nach Hause". Sie hebt den Kopf und sagt: „Niemals. Niemals lasse ich dich alleine gehen ... Ich komme mit." Vor jedem Treffen eine heftige Krise, um uns dann mit noch größer gewordener Liebe zu trennen. „Ich lasse dich nicht weg, bevor wir was gegessen haben. Das kannst du dir abschminken!" Nachdem wir uns eilig angezogen haben, verlassen wir das Hotel und laufen Hand in Hand mitten im Wochenendgewühl durch die Straßen. „Lass uns ein Foto machen", sagt sie. Ich lasse sie gewähren. Sie legt mir einen Arm auf die Schulter und macht mit dem Handy in der anderen Hand ein Selfie. „Schau, Liebster", sagt sie freudig, „du hast deinen Frieden mit den Kameras geschlossen." Ihre Augen, ihre Lippen, ihre Zähne, ihre Schultern glänzen voller Glück, überstrahlen meinen auf dem Foto festgehaltenen Körper ...

Nachdem wir in einem Lokal ihrer Wahl eine Kleinigkeit gegessen haben, wobei wir vom Teller des Anderen naschen, schlendern wir ein wenig umher, finden dann mit Mühe und Not ein Taxi und lassen uns zum Busbahnhof fahren, wo wir wenige Minuten vor der Abfahrtszeit ankommen. „Mein Liebster", sagt sie in meine enge Umarmung hinein, „langsam beginnst du auch, das Abschiednehmen zu lernen ..." Während ich ihr Gesicht streichle, sage ich: „Ach, wenn wir auch lernten, den Augenblick des Wiedersehens nicht zu verpassen, mein Schmetterling." Sie hält meine Hand lange zwischen den ihren, streichelt sie eine Weile, beugt sich hinunter, küsst sie wie etwas Heiliges und führt sie sacht an ihre Wange. Als sie mein Staunen bemerkt, wiederholt sie dieselbe Geste noch einmal, während sie mir tief in die Augen schaut. Der Beifahrer drängt uns zur Eile und ich nehme ihren Kopf zwischen meine Hände, hauche einen Kuss auf ihre heiße Stirn und steige widerwillig in den Bus.

Der Busbahnhof hat sich kaum verändert, ebenso die Stadt. Erst als der Bus fährt, wird mir, während ich mir die Umgebung anschaue, klar, dass es jene Stadt ist, in der Vater geboren wurde und wo, mit Ausnahme von unserer kleinen Familie, nahezu alle Verwandten noch friedlich leben, wohin ich zuletzt vor fünfunddreißig Jahren überglücklich hingekommen war. Noch mehr Häuser, noch mehr Autos und Menschen, das ist der einzige nennenswerte Unterschied, den ich feststelle. Ob Vater jemals daran gedacht hatte, welch großem Mysterium er das Schicksal von uns Kindern, die später geboren werden sollten, in die Hände legte, als er diese kosmopolitische Stadt Anatoliens verließ, um in Istanbul sein Glück zu suchen? Die Stadt der unverschlossenen Haustüren, der Menschen, die die überschüssigen Erträger ihrer Gärten und Felder auf einen Traktor luden und unentgeltlich an Bedürftige verteilten. Die Stadt, in der Lämmer, Kühe, Gänse frei durch die Straßen liefen. Die Stadt, in der seit

Jahrhunderten Türken, Nusayri, Araber, Kurden, Armenier, Turkmenen und Juden zusammenlebten. Die Stadt, die den unerschöpflichen Segen ihres Bodens, in den allerschönsten Farben großzügig und gerecht über Bäume, Felder, Hügel, Flüsse, Tiere, Pflanzen und Menschen verteilt.

„Was ist das, Papa?"

„Eine Kiepe, mein Sohn."

„Was ist da drin?"

„Früchte aller Art."

„Woher kommen die?"

„Von unserem Garten in der Heimat."

„Warum haben wir hier keinen Garten?"

„Hier hat niemand einen Garten, mein Sohn ..."

Wir sitzen, an die Mauer gelehnt, vor der sperrangelweit offenen Eingangstür der Wohnung. Mahmut Kemal und ich. In unseren auf den Knien liegenden Händen halten wir je eine Rolltaube, drei weitere streichen auf dem Boden um unsere Beine. Ich rufe durch die Tür: „Wo ist Çetin?" „Kommt gleich." Beunruhigt durch meine Stimme beginnt eine der Tauben sofort, die Stufen der Wendeltreppe zur Terrasse zu hüpfen. Das andere Paar folgt ihr Flügel schlagend. Zunächst hören wir, dass die eiserne Haustür polternd zugeschlagen wird, dann jemanden im Laufschritt die Treppe heraufsteigen. Außer Atem steht Çetin kurz darauf vor uns und geht grußlos hinein. Er zieht ein Bein leicht nach. Wir setzen die Tauben auf dem Boden ab und trotten neugierig hinterher.

Auf der Krankenhaustoilette versuchen wir einerseits, seinen schmächtigen Körper zu stützen, andererseits mithilfe der Hände den Urinbeutel, den er am Bauch trägt, in die Toilettenschüssel auszuschütten, ohne uns zu beschmutzen. Er wiegt kaum mehr als ein Kleinkind, hat ebenso wenig Kraft. Wenn ich nicht wüsste, dass es seinen Stolz verletzt, hätte ich ihn, um ihm die Mühe zu ersparen, ohne weiteres vom Bett zur Toilette und zurück tragen können.

„Wie groß du geworden bist, mein Sohn, ich kann dich nicht mehr tragen wie früher."

Lang, lang ist es her ... Istanbul. Eine verdammte Stadt, in deren Hand jeder Hergelaufene seine Hoffnungen legt, voller mannigfaltiger Fallen, eine Stadt, von deren schmutzigem Schoß voller Sünden sich kaum jemand, der einmal auf den Geschmack gekommen ist, losreißen kann. „Mein Sohn, du hast gelernt, auf eigenen Beinen zu stehen. Mir bleibt nicht mehr viel Zeit, pass auch auf deinen Bruder auf." Klar mache ich das, ist meine leichteste Übung. Wer weiß in welcher Sackgasse, hinter welchen unseligen Geschäften er her ist, mit welchen Halunken er herumlungert ... „Wo ist Çetin, ist er noch nicht da?" Weiß der Teufel, wo er ist. Aus dem einen Sumpf ziehe ich ihn raus und er rennt gleich in den nächsten. Ich rette ihm den Kopf, kaum zwei Tage später steckt er in einem weit größeren Schlamassel. Wer kann ihn aufhalten! „Der ist bestimmt zu Hause", beschwichtige ich, „mach dir keine Sorgen."

Er hat das eine Hosenbein hochgekrempelt und versucht mit dem Wasser, dass er vom Wasserhahn in die hohle Hand gefüllt hat, das Blut abzuwaschen, das sein Bein hinunterrinnt. Ich hole Jodtinktur und Watte aus dem Arzneischrank und gehe zu ihm. „Diese Hurensöhne!", schimpft er. „Zu Siebt sind die auf uns losgegangen." Ich stütze ihn am Arm und während ich ihn langsam zur Tür führe, frage ich: „Wo?" „Im Keller des Wohnhauses gegenüber." Mit Mahmut Kemal nehmen wir ihn in die Mitte und führen ihn die Treppe hinunter. Mutter ruft uns hinterher und will wissen, wohin wir gehen. „Nach Laleli", sage ich. „Zum Onkel. Der soll ne Weile da bleiben. Mach niemandem auf. Wenn jemand nach ihm fragt, sagst du, dass du es nicht weißt." Wir treten auf die Straße. Am Eingang zum gegenüberliegenden Haus steht eine neugierige Menschenmenge. „Kannst du ein paar Minuten ohne Hilfe laufen?", frage ich. „Kann ich", sagt er.

413

Während wir Drei möglichst unauffällig zur Kreuzung laufen, biegen Zivilstreifen mit Blinklicht in unsere Straße.

„Mit wem warst du zusammen?"

„Mit Çeyrek Furkan."

„Und wo ist der jetzt?"

„Ist auf der Treppe zusammengebrochen. Ich glaub, der ist tot."

„Mit wem habt ihr euch angelegt?"

„Mit den Hundesöhnen vom Camlı-Café. Die haben ne Gang gegründet und es auf uns abgesehen."

„Gibt's bei denen auch Verletzte?"

„Dem einen habe ich das Messer bis zum Anschlag in den Bauch gerammt. Als ich es rauszog, schoss dem Hurensohn Blut aus dem Maul!"

Als wir am Mimoza Bierhaus vorbeikommen, ruft jemand unsere Namen, so dass wir hineingehen. „Ich trinke Raki", sagt Vater. „Für euch bestelle ich Bier." Mit Mahmut Kemal, dem Sohn meines jüngsten Onkels, der uns einmal im Jahr besuchen kommet, ziehen wir eine lange Holzbank an den Tisch und setzen uns ihm gegenüber, während Vater dem buckligen Kellner, der in seiner Ecke sitzt und das ganze Lokal im Auge hat, mit der Hand zu verstehen gibt, dass er zwei Bier bringen soll. Mahmut hat sich kaum hingesetzt, da sagt er schon: „Onkel, du bist entweder im Kaffeehaus zocken oder in der Kneipe. Im Geschäft hält es dich nicht lange."

„Was soll ich den ganzen Tag im Laden hocken, ich vertreib mir halt die Zeit."

„Aber Onkel, das geht doch nicht. Wo soll das Geld herkommen?"

„Das kommt so oder so. Scheiß drauf. Das Leben ist doch viel zu kurz!"

„Nein, Onkel, von selbst kommt das Geld nicht. Siehst du nicht, wie jeder versucht, einen Stein auf den anderen zu setzen?"

„Na und? Was soll ich tun? Soll ich etwa auch ein Gecekondu bauen?"

„Das meine ich nicht, Onkel."

„Soll ich stehlen, soll ich zum Gangster werden?"

„Gott behüte ..."

„Soll ich mir anderer Leute Grund und Boden unter den Nagel reißen?"

„Hab ich das gesagt? Ich meine, du beherrschst dein Handwerk. Du bist Meister."

„Mit Handwerk und Meisterbrief kommt man eben nicht weiter als bis hierher. Wir haben unser Auskommen. Wozu mehr wollen?"

„Alles gut und schön, aber das Leben hier wird immer schwerer. Siehst du nicht, wie sie scharenweise hierherströmen aus allen Ecken des Landes. Was ist mit der Zukunft der Kinder?"

„Sie sind die Söhne ihres Vaters. Die werden sich schon durchschlagen."

Das laute Knallen des Fensters, unter dem ich liege, schreckt mich aus dem Schlaf. Ich reiße die Augen auf, drehe den Kopf zur Seite und sehe die Umrisse einer katzengroßen Gestalt vom Fenster hinein auf mein Fußende springen, von da auf den Boden vors Bett. Aus Sorge, sie könnte sich in B.s Richtung weiterbewegen, hefte ich die Augen auf den Boden und bin wachsam. Genau da wiederholte sich eine vor Jahren erlebte Szene in meinem Geist, als geschehe sie jetzt und hier. Ich stand, mich nur unter Mühen auf den Beinen haltend, nächtens auf einer finsteren Polizeiwache vor dem Kommissar, der mich von oben bis unten musterte und gab mir Mühe, seine Fragen zu eantworten.

„Was ist mit deinem Gesicht passiert?"

„Was ist denn mit meinem Gesicht?"

„Von oben bis unten zerkratzt, voller Blut. Weißt du das nicht?"

„Nein. War wohl eine Katze. Ich weiß es nicht. Ich bin ein wenig verwirrt."

Sogleich drehte ich mich zu B.s Bett und formte mit meinen trockenen spröden vertrockneten Lippen mühsam die Worte: „Liebling, pass auf!"

„Was ist passiert, Liebster?", hörte ich sie verschlafen fragen und schloss die mühsam offen gehaltenen Augen wieder und setzte das Gespräch in meinem trüben Geist fort.

„Die ist durchs Fenster rein und vors Bett gesprungen. Müsste noch da irgendwo sein."

„Ist bestimmt die Katze, Liebster. Keine Sorge."

„Könnte auch eine Maus sein, oder ein Marder."

„Es war bestimmt die Katze, Liebster. Mach dir keine Gedanken. Schlaf wieder ein."

„Oder ein verletzter Vogel. Oder ein Wiesel."

Ich fühlte plötzliches Fieber aufsteigen, führte die Hand zur Stirn, um mich zu vergewissern, dann begann ich Unverständliches zu murmeln. „Dafür werdet ihr bezahlen," sagte ich. „Für das, was ihr diesen grundanständigen Jungs angetan habt!" Mit einem stechenden Schmerz im Magen krümmte ich mich im Bett und fuhr fort. „Für jeden einzelnen! Ihr kommt nicht davon!" Mein ganzer Körper bebte vor Wut. Tränen schossen mir in die Augen."Fürchtet jenen Tag!", sagte ich und sprang vom Bett auf. „Ihr gemeinen Hunde!"

Vor vielen Jahren ... Ich bin im Hotel, hinter der Empfangstheke. Alle achtzig Betten sind besetzt. Der Chef kommt jeden Morgen zur selben Zeit und stellt, noch auf der Treppe zum Saal, mit immer

demselben Gesichtsausdruck und in seinem unge-
schliffenen Dialekt wieder dieselbe nervende Frage:

„Wie viele Kunden sind do?"

"80."

„Guuut, guuut …"

Nächster Tag. Ein Kommen und Gehen wie
im Taubenschlag, Gäste mit Kindern, Extra-Bett
und 81 Personen …

„Wie viele Gäst sind do?"

"81."

„Guut, guut …"

Der Tag darauf, eine weitere Familie mit
Kind.

„Wie viele Gäst sind do?"

"82."

„Guut, guut ..."

Alle Hotels sind ausgebucht. Bis unters Dach voll. Fast unmöglich, ein freies Bett zu finden. Selbst die Zimmer fürs Personal sind vergeben ...

„Wie viele Gäst sind do?"

"85!"

Sein fratzenhaftes Gesicht läuft bis zu den Ohren rot an und er staucht uns zusammen: „Werd ich denn nit erleben, dass dieses verfickte Hotel mal 88 Gäste hat?"

Ich greife nach der Rezeptionsklingel und schleudere sie ihm an den Kopf. Volltreffer! Dann noch den Locher, den Hefter, was greifbar ist. Er hockt da, zusammengekauert am Treppenabsatz, weiß nicht, wie ihm geschieht und versucht, das Gesicht mit den Händen zu schützen. „Menschenskind, wat machst du do, bist du noch ganz dicht?" Ich reiße die Zimmerschlüssel einen nach dem anderen von der Wand und bewerfe ihn damit wie mit Pfeilen. „Da hast du deine 86! Und die 87! Und die 88! Und hier die 89!" Die Scheiben der Aluminiumtür liegen scheppernd auf dem Boden. „Ja, ich bin nicht mehr ganz dicht, Scheißkerl! Was für ein unersättlicher Lump du doch bist!" Ich habe immer noch nicht genug und hebe das Rezeptionsbuch mit beiden Händen hoch, schleudere es auf seinen Schädel, aber es prallt an seinem Ellbogen ab, reißt in der Mitte und fällt auf die Marmorstufen. „Halt, Mann, halt. Lass uns rede."

„Was soll ich mit einem Schweinehund wie dir reden, Scheißkerl! Was außer Geld kann man mit dir schon bereden? Deine Taschen sind so unersättlich wie deine Augen, Hornochse! Wie viele Leut sind do, wie viele Leut sind do! Die Grotte deiner Hebamme ist da! Kannst du nicht einmal, ein einziges Mal fragen, wie es uns geht, ungehobelter Klotz! Ihr seid doch sowieso alle gleich. Zum Teufel mit euch, ihr menschenverachtenden Kerle, ihr räudigen Hunde ihr!"

Als mir das Wurfmaterial ausgeht, schwinge ich mich über den Tresen ins Foyer und renne in die gegenüberliegende Küche. „Warte", rufe ich im Laufen, „hau bloß nicht ab. Ich bin noch nicht fertig!" Als ich die Küchentür aufstoße und hineingehe, sehe ich den Spülerjungen nackt vor dem dampfenden Bodenkessel sitzen. „Kejo, was ist hier los?" frage ich entsetzt.

„Ich waschen Wäsche."

„Junge, man kann doch nicht im Kochkessel Wäsche waschen!"

„Wo ich waschen Wäsche?"

„Du wäscht deine Wäsche allen Ernstes im Kessel, in dem wir Essen kochen?"

„Ich baden in Kessel auch."

Wir sind bei M.T. zu Hause in Kurtuluş. Wir trinken Cardhu. Bei seiner Rückkehr aus den Niederlanden bringt er immer eine oder zwei Flaschen

Whisky mit, die wir uns bei der Arbeit genehmigen. Manchmal Jack Daniel's, manchmal Ballantines, Chivas, aber meist Cardhu. Während er in den Literaturmagazinen auf dem Tisch blättert, die er abonniert hat, sagt er: „Du hast deinen Typ verändert. Steht dir gut. Aber ich mag Bärte nicht, mein Freund." In der einen Hand das Glas, in der anderen eine Zigarette, lungere ich auf der Couch herum. „Aber B. mag's", sage ich. „Hab ich mir ihretwegen stehen lassen." Er sieht von den Zeitschriften auf, sieht mich mit demselben neugierigen Ausdruck an, den er immer hat, wenn ich von ihr rede. „Ihr habt da einen gemeinsamen Weg eingeschlagen. Nun ja ...", murmelt er mit heiserer Stimme, als wolle er mich wissen lassen, dass er das sehr wohl verfolge, aber nicht eingreifen wolle.

„Mit ihr würde ich mich auf jeden Weg begeben. Ohne zu zögern."

„Wie war euer Treffen?"

„Sie hat meinen Bart gekrault, mir die Hand geküsst, geweint ..."

„Wie alt ist dieses Mädel eigentlich?"

„Tausend, glaub ich. Mir kommt's jedenfalls so vor."

„Ja dann passt sie ja altersmäßig zu dir ..."

„Ist nicht das einzige, was passt. Besser könnten Zwei nicht zusammenpassen ..."

„Und was ist dein Plan?"

„Beim nächsten Besuch bei ihr nicht zurückzukehren ..."

„Du willst uns verlassen ... Und was willst du da tun?"

„Ich glaube nicht, dass ich so viel Zeit haben werde, eine Arbeit zu verrichten."

„Was heißt das?"

„Ich schiebe es zwar immer wieder hinaus, aber meine Lungen pfeifen aus dem letzten Loch. Die Alarmglocken läuten seit langem."

„Das sehe ich auch, aber warum sträubst du dich dagegen, einen Arzt zu konsultieren? Du hast es doch schon einmal überwunden. Das schaffst du jetzt auch."

„Will ich aber nicht."

„Warum nicht?"

„Ich halte nichts davon, ein solches Leben zu verlängern."

„Aber sie ist jetzt in deinem Leben, ihr habt einen gemeinsamen Weg eingeschlagen, das steht fest ..."

„Das schon, aber wir können weder ohneeinander noch miteinander. Ich wünschte, wir könnten es. Wir sind wie Feuer und Wasser. Na ja, wir werden sehen, wohin es führt ... Wann hatten wir beiden uns eigentlich kennen gelernt?"

„War's 2003 oder 2004?"

„Ja, so in etwa. Damals gab es die Zeitschrift Anafilya. Von Halit Umar. Die hatten einen Wettbewerb für Kurzgeschichten ausgeschrieben und du warst Jurymitglied. Ich hatte mit meiner Kurzgeschichte 'Der Vater meines Sohnes' teilgenommen. Mein erster Literaturwettbewerb, meine erste Auszeichnung ..."

„Richtig, als ich nach Istanbul kam, um die Preise zu überreichen, lernten wir uns kennen. Du warst damals auf der Divanyolu Caddesi. Für die Buchgeschenke sind wir gemeinsam zu Fuß zu Varlık Dergisi, ganz in der Nähe deines Büros. Die sind mittlerweile umgezogen."

„Stimmt. Du hattest mich mit Enver Ercan bekannt gemacht. Küçük Iskender war auch da. Wer noch? Osman Deniztekin ..."

„Alle drei sind nicht mehr unter uns."

„Ja, der Krebs hat sie vereint. Morgen wird einer von uns nicht mehr da sein, übermorgen der andere. Deshalb will ich ja alles links liegen lassen und jeden Augenblick, den ich mit ihr verbringe, genießen."

„Gute Entscheidung natürlich. Was macht das neue Buch?"

„Ich schreibe, wenn mir danach ist. Dürften schon so in etwa elftausend Wörter sein."

„Dann dauert es ja nicht mehr lange."

„Das ist das Maß meiner Feder, ich mag es kurz und dicht. Erinnerst du dich? An jenem Tag saß Osman Deniztekin in seinem Zimmer mit der quitschenden Tür am Ende des Ganges, Pfeife im Mund und übersetzte. Der Raum war völlig verqualmt. Als du uns einander vorgestellt hast, fragte er, in welchem Viertel ich wohne und als ich sagte, eine Straße weiter, hatte er den Daumen gehoben und „Schöner Zufall!" gesagt.

„Er übersetzte aus dem Französischen. Bei der Arbeit hielt er Tür und Fenster immer geschlossen, um nicht vom Lärm gestört zu werden. Von ihm gibt es viele ältere Übersetzungen."

„Was nützt es? Er selbst ist nicht mehr da. Für ihn ist alles auf dieser Welt vorbei und vergangen."

„Du meinst, es hat keine Bedeutung, etwas hinterlassen zu haben? Ich meine so gute Werke wie seine?"

„Wer kann es schon wissen? Wenn er Freude daran hatte, als er lebte, gut. Ich für meinen Teil hätte es vorgezogen, in der Vergangenheit mehr Zeit mit B. verbracht zu haben, als meine Bücher geschrieben zu haben."

„Versteh mich nicht falsch, aber als ich dich kennenlernte, warst du nicht so. Du warst kontaktfreudig, begabt, erfolgreich, initiativ, beliebt. Gestern gab's A., heute B., morgen wird C. da sein, mein Freund."

„Für mich gibt es kein Morgen. Und keine andere als B. Andererseits gibt es in der Zukunft auch B. nicht, aber mich ja auch nicht. Wenn es das Heute gibt und wenn alles von dieser Warte aus schön ist, wenn ich noch atmen, sehen, berühren kann, wenn auch nur für eine begrenzte Zeit ... Erinnerst du dich an den letzten Satz von ‚Streifzüge'?"

„Natürlich: ‚*Die Ewigkeit besteht aus heutigen Tagen.*'"

„Genauso ist es. Aber es ist gut, falls du es zu Beginn des Buches, also zu Beginn der Geschichte merkst, nicht am Ende. Denn das Ende ist jetzt ..."

„Der erste Satz war auch schön."

„*So sehr du auch bleibst, kommt du mit mir, so sehr ich gehe, bleibe ich bei dir.*"

„Shakespeare."

„Oh. Hast mich wieder kalt erwischt ..."

Die Dunkelheit hat sich zurückgezogen, vom Bett aus kann ich nun alles besser erkennen. B.s babygleiches Antlitz im Schlaf, ihr Haar, nach dessen Duft ich mich sehne, die dünne Decke über ihr, ihr stummes Foto an der Wand, das mich die Nacht hindurch beobachtete, die müde Uhr, die daneben hängt, die einsame Glühbirne in der Mitte der Zimmerdecke, den altengedienten Kelim auf dem Boden und die mit hoffnungverheißenden heiteren Lauten allmählich erwachende überwältigende Natur. Wenn die finstere Nacht, die alles Böse auf der Welt wie einen Säugling an ihrer Brust nährt und hegt, ihre Siebensachen gepackt und den Platz für das strahlende Licht des imposanten Tages geräumt hat, werden die, die am Leben blieben, ihre Augen neuen Lebensabenteuern öffnen, eine neue Seite aufschlagen und ihre Reise von da fortsetzen, wo sie stehen geblieben waren. Wir auch, aber mit einem Unterschied. Das ist nicht die Fortsetzung unserer Geschichten, sondern die Ergänzung.

„Warum ist Vivaldi so wehmütig?"

„Wegen der Stücke, die er nicht vollenden konnte, denke ich, Liebling."

Der Mensch ist einsam, erst recht in der Dunkelheit. Weil er nicht weiß, was am Ende kommt, weiß er auch nicht, was ihm fehlt, er fühlt nur die Leere, denn wie das Universum dehnt sich auch der Mensch ständig aus, je mehr er sich ausdehnt, desto mehr verändert er sich, wie eine Grube ohne Boden.

„Gleich nach dem Frühstück fahren wir zur Klinik, Süßer. Abgemacht?"

„Ist mir gleich."

„Mir aber nicht."

Der Mensch ist unvollständig, erst recht im Alleinsein. Deshalb hortet er sein Leben lang alles, was er bekommen kann, aber er ist unruhig, weil er nicht weiß, was ihm am unvermeidlichen Ende erwartet. Er ist unersättlich. Er hat nie Gewissheit, ob das, was er gebrauchen kann, unter dem ist, was er gehortet hat.

„Du hast nur das Notizbuch mitgenommen, das ich dir schenkte, Liebster. Brauchtest du nichts anderes?"

„Nein."

„Gar nichts?"

Je weniger wir anhäufen, desto mehr bleibt zurück und desto mehr dehnt sich die Zeit aus. Viel besitzen heißt nicht viel erlebt haben. Je mehr wir reduzieren, desto mehr sehen und hören wir. Das ist natürlich eine Frage der Präferenz ...

„Wie war deine Nacht, mein Leben?"

„Lang."

„Ich habe tief und fest geschlafen. Ich habe nicht mal den Regen gehört."

Bestimmt sind jetzt irgendwo Kinder, die weinen. Menschen, die Abfallcontainer durchstöbern, Arbeit suchen, den Kopf auf die Knie legen und grübeln. Menschen, die schlafen und solche, die nicht schlafen können. Kinder, Jugendliche und Alte. Tote, Lebendige und solche, die ahnungslos geboren werden. Nüchterne und Betrunkene. Solche mit einem Dach über dem Kopf und Obdachlose natürlich auch. Leere Straßen und Feste voller Menschen gibt es zweifellos auch irgendwo. Bestimmt gibt es Menschen, die um diese Zeit in ihren Betten schlummern und solche, die unterwegs sind und solche, die arbeiten. Es gibt welche, denen das Glück hold ist und Pechvögel. Illusionen und Gespenster. Eine riesige Falle, Weltuntergangsstimmung. Es gibt schlitzäugige Menschen und solche mit kohleschwarzer Haut. Solche, die alles auf Gottes Beistand setzen und solche, die ihm einen Tritt in den Hintern verpassen. Welche, die im nächsten Augenblick eine große Katastrophe erwartet und solche, die ihr Leben lang nicht ein einziges Wehwehchen hatten oder haben werden. Irgendwo gibt es Gewehrkugeln, die in diesem Augenblick auf Menschen hinabregnen. Zur gleichen Zeit gibt es Champagnerflaschen, die mit schallendem Lachen entkorkt werden. Es gibt Nationen, Juden, Kurden, Armenier und all die anderen. Es gibt große Unternehmen, deren Chefs und unzähligen Papierkram. Vielleicht gibt es auch eine alte Russin ohne Zuhörer, die sich am frühen Morgen auf eine Bank auf dem gegenüberliegenden Platz stellt, beide Hände zur Seite öffnet und Arien schmettert. Es gibt Babys mit riesigen Köpfen, die aus der ihnen gereichten Flasche Milch trinken und ihre ebenso dürren Eltern, die sie schweigend beobachten. Sicherlich gibt es gefüllte Paprikaschoten, Linsensuppe und Börek in Dreiecksform. Es gibt Feste, Jubiläen, Feierlichkeiten. Es gibt Menschen und Tiere. Schulen, Fabriken und Wolkenkratzer. Es gibt die verschiedensten Uniformen. Arbeiter, Soldaten, Polizisten, Jäger, Ärzte, Bergleute, Gefangene. Es gibt Strommasten, Wasserkanister, Fernsehantennen, Kunststoffrohre, Bakenmützen und Reifen aus Kautschuk.

Wenn du gegen Ende der Nacht die Augen in einem Krankenzimmer aufschlägst, ist da B.s kräftiger Atem, den du wie einen warmen Wüstenwind auf deinem Gesicht spürst.

„Der Sensenmann kann es nicht mit dir aufnehmen, Süßer. Nach Aussage der Ärzte wirst du in
ganz kurzer Zeit gesund werden."

„Wie lange sind wir schon hier?"

„Zerbrich dir darüber nicht den Kopf. Tagelang hast du deliriert. Du musst dich ausruhen."

„Warst du die ganze Zeit bei mir?"

„Selbstverständlich. Wie könnte ich jemals
von dir getrennt sein."

„Könntest du nicht?"

„Natürlich nicht ..."

Es gibt jetzt Mütter, die ihre adrett gekleideten Kinder auf die Wangen küssen und zur Schule
schicken, den Duft frischen Brotes, den dampfenden
Teekessel, unter dem Schnee erblühte Blumen. Kei-
mende Samen, Fohlen, die sich auf Rennen vorbe-
reiten, Küken, die gefüttert werden. In alten Filmen,

in denen Freiluftkinos vorkommen, gibt es schöne Frauen mit Hüten, denen schmalbärtige, elegante Männer die Tür aufhalten. Irgendwo gibt es ganz bestimmt Deans Lieder, die jemand hört. Es gibt das Gestern, das Heute, vielleicht auch das Morgen. Es gibt Blumentöpfe, die an den Fenstern von Erkerhäusern gedankenverloren in den Himmel schauen, es gibt Tulum-Käse, Trauben-Raki, schwebende Ballons. Es gibt DoppeldeckerCabriobusse, schicke Schiffe, die mit den Delfinen um die Wette fahren, wehmütige Züge, die sich auf ihren Gleisen ausruhen. Es gibt Menschen, die unter uns sind und solche, die nicht mehr sind. Es gibt Schuhputzer, fliegende Händler, die Simit, Fisch oder Lutscher verkaufen. Einen Neuanfang, indem man alles vergisst oder ohne irgend etwas zu vergessen, gibt es bestimmt auch.

„Und wie geht's weiter?"

„Lass uns erst mal das Krankenhaus verlassen, der Rest ist einfach. Du wirst dich ein wenig ändern, ich werde mich ein wenig ändern. Wir werden unsere eigene Balance finden."

„Was, wenn wir uns nicht ändern können?"

„Dann ist das unsere Balance."

„Ich kann mich nicht ändern, meinst du also."

„Nein, das meine ich nicht. Ich sage, dass ich alles in meiner Macht stehende tun werde."

„Nein, das sagt du nicht. Du wirst es versuchen, aber versprechen willst du nichts. Das ist es, was du meinst."

„Siehst du, schon wieder redest du in meinem Namen. Ich hasse das. Warum sagst du stattdessen nicht etwas zu deinen Bemühungen?"

„Das Problem liegt ja nicht bei mir. Nur weil du dich manchmal so bescheuert anstellst, kommt es zur Eskalation."

„Was willst du dann noch mit mir? Ich bin, wie ich bin. Wenn's dir nicht passt, kannst du ja gehen."

„So ist das also ..."

„Ja. Genauso!"

„Du wirst dich nie ändern. Das zu erwarten, ist schon ein Fehler. Mein Fehler."

„Warum sollte ich mich ändern. Ich bin zufrieden, so wie ich bin."

„Ich aber nicht."

„Dein Problem."

„Ich werd's dir zeigen!"

„Versuch's nur. Ich verlasse dich. Ich gehe fort!"

„Worauf wartest du noch. Verpiss dich!"

Stille trat ein. Ich lag regungslos im Bett, B. stand mitten im Zimmer. Die Tür wurde geöffnet. Eine missgelaunte Krankenschwester rauschte flotten Schrittes herein, knallte das Fenster zu, sah sich im Zimmer um und rauschte genauso flott wieder hinaus. Der Tag war noch nicht ganz angebrochen. Wir wandten uns einander zu und wechselten einen langen Blick. Dann prusteten wir los. Anschließend setzte sich B. an den Bettrand und nahm meine Hand in die ihren. Ich legte die andere Hand auf ihr samtweiches Bein. Eine neue Lebensfreude erfüllte mich. Mit B.s Hilfe richtete ich den Oberkörper auf und setzte mich neben sie. Sie legte den Arm um mich und lehnte ihren Kopf an meine Brust. Ich schloss die Augen und sog ihren betörenden Duft in meine Lungen.

Weitere Bücher von Merih Günay

Hochzeit der Möwen

Ein Schriftsteller, der was auf sich hält, muss ein Hungerleider sein, ein Habenichts. «Nur zu schnell wird ein junger, ambitionierter Autor von seinen flapsigen Worten eingeholt. Innerhalb kürzester Zeit wird ihm durch ein Unglück alles genommen, was er besitzt. Ohne Geld, Nahrung oder Kleidung verwahrlost er in einer mittlerweile leer gepfändeten Wohnung und verliert darüber fast den Verstand. Seine Frau hat ihn verlassen, sein Vater ist gestorben, seine Tochter kennt ihn kaum mehr. Bis sich eines Tages seine Nachbarin, die junge taubstumme Talin, seiner annimmt. Dankbar geht er auf das stillschweigende Angebot der einsamen Frau ein, die ihn vergöttert. Er hingegen verliebt sich unsterblich in deren Schwester Natali, was ihn vor folgenschwere Entscheidungen stellt. ...

In seinem türkischen Schelmenroman lässt Merih Günay seinen unbekümmerten und respektlosen Helden eine Berg- und Talfahrt der Emotionen durchleben. Mit pragmatischem Fürwitz gewappnet, gelingt es ihm schließlich, sich nicht mit seinem Schicksal abzufinden, sondern diesem gewieft ein Schnippchen zu schlagen. Ein fantastischer Schelmenroman über das Schicksal, die Liebe und das Glück.

Festeinband: ISBN 978-3-949197-20-8

Taschenbuch: ISBN 978-3-949197-24-6

442

NICHTS

Kurzgeschichten von Merih Günay

Düstere Geschichten

Wir alle kennen Menschen, die selbst dann gelassen bleiben, wenn ihnen der Arm abgerissen wurde. Den Tod eines sehr nahen Menschen still hinnehmen, der allerschlimmsten Gewalterfahrung wie einem gewöhnlichen Ereignis begegnen ... Vielmehr, von denen wir denken, dass sie so sind, weil wir uns vom äußeren Schein irreführen lassen ... Möglich, dass sie imstande sind, die Ereignisse durch ihren Verstand zu filtern oder aber dem Leben gegenüber einen Mechanismus zum Ertragen entwickelt haben. Daher rührt ihre Haltung wohl, auch wenn in ihrem Inneren Stürme wüten ... An diesen Menschenschlag lassen mich Merih Günays Kurzgeschichten denken, weil sie diese Gefasstheit auf eine merkwürdige Art auch auf den Leser übertragen. Günay nimmt den

Leser bei der Hand, ja er hakt sich beim Gehen bei ihm unter und raunt ihm zu: „Du, Leser! Bleib gelassen, das Leben ist zu hart, als dass es sich lohnte, sich seinetwegen zu empören". Elif Türkölmez / Literaturzeitschrift Notos Scheinbar belanglose, gewöhnliche Begebenheiten bergen oft heftige Stürme in sich. Von außen kaum erkennbar, aber von innen her ziehen sie uns den Boden unter den Füßen weg, zerreißen sie uns in Stücke. Günays Geschichten sind ein Beweis dessen, wie diese kleinen Funken zu großen Flächenbränden werden können. Und dies gelingt ihm ohne geschraubte Sprache. Ganz einfach, in einer schlichten Sprache holt er aus den scheinbar banalen Begebenheiten die ihnen innewohnende Bedeutsamkeit hervor. Verblüffend könnte man sagen, aber das trifft es nicht ganz, voller Spannung, nein, auch das trifft es nicht, surreal schon gar nicht... Aber eine Fiktion, die all das und doch nichts davon enthält und dazu außergewöhnliche Momente menschlicher Zustände, die uns aufwühlen ... Altay Öktem / Schriftsteller

Festeinband: ISBN 978-3-949197-25-3

Taschenbuch: ISBN 978-3-949197-26-0

Möchtegern Dichter

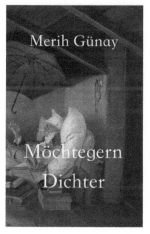

Die Menschen waren die gleichen. Müde, hoffnungslos, halb hungrig, halb schläfrig, desillusioniert, unglücklich. Menschen, die nicht wussten, nicht wissen wollten, woher sie kamen, wofür sie lebten und wohin sie gingen. Ihr Leben bestand darin, satt zu werden, zu heiraten, Kinder in die Welt zu setzen und sie großzuziehen, und dem endlosen Kampf, den sie für all das ausfochten... Es war eindrucksvoll. Dümmlicher Glaube vollbeladen mit Trost, Träume von Haushaltsgeräten, unglaubliche Lobpreisungen, aufgesetztes Lächeln auf müden Gesichtern, dieses geerbte Lächeln des gleichen Schicksals...

Festeinband: ISBN 978-3-949197-29-1

Taschenbuch: ISBN 978-3-949197-28-4

Lightning Source UK Ltd.
Milton Keynes UK
UKHW011849080221
378458UK00001B/215